桂歌丸 口伝 圓朝怪談噺

著者　三遊亭圓朝
口伝　桂　歌丸
監修・解説　藤浦　敦　三代目落語三遊派宗家

竹書房

はじめに

三代目落語三遊派宗家・藤浦　敦

本書は、二〇一八年に逝去された桂 歌丸師が遺した三遊亭圓朝師の怪談噺の口演を活字化したものだ。

三遊亭圓朝師は幕末から明治期に活躍した落語家で、江戸・東京落語の大名跡である。数多くの名作落語を創作した圓朝は言文一致体の創始者となって、二葉亭四迷、坪内逍遥、山田美妙、尾崎紅葉の先頭に立つ。創った落語を圓朝の高弟、初代及び二代圓馬、初代圓右、初代圓左、初代圓遊、初代小圓朝等に口伝として話を授け、今日の落語家各位に及んでいる。

その最先端が桂 歌丸師の個性と解釈に依《よ》って令和の時代まで力強く反映している。歌丸師は圓朝の語り口を踏襲して、圓朝を今日に再現しているのだ。

その歌丸師が圓朝落語と同じくらい歌舞伎に魅せられていて、どうしても落語にして演りたい舞踊があった。

戦時中、十五世市村羽左衛門が倅の家橘《かきつ》を相手に『色彩《いろもよう》 間《ちょっと》 苅豆《かりまめ》』という舞踊を出した。羽左衛門の与右衛門《よえもん》、家橘の累《かさね》だ。ちなみに「累」と云うのは、圓朝以前から女の幽霊もしくは顔が醜く変化する女性の役柄の代表的な役名のことだ。半《なか》場《ば》で卒塔婆の上に髑髏が載って流れてくる。手に取った与右衛門が読む、裏を返して俗名「助」と云うと塔婆を二つに折る。すると、累の脚が折れる。ここから累の祟りが始まる。当時、物語では累に厄介な怨霊がついていて、世人《せじん》は有徳《うとく》の僧・祐《ゆう》天上人《てんしょうにん》を頼み、しぶとく付き纏《まと》う怨霊を追い払う。これが文身《いれずみ》の絵柄の名で『祐天上人累《かさね》解脱《げだつ》』となる。

此奴《こいつ》を背中に負った十七歳の前髪の美少年、巾着切の足を洗い、男伊達と成って、祐天吉松《ゆうてんきちまつ》という人物となる。歌丸師から『祐天吉松』を「演りたい」と云われ、私は十回くらい（落語脚本を）書く約束をした。

そして彼は私から羽左衛門や六世菊五郎の話を飽くことなく聞きたがり、しばしば戦前戦中の歌舞伎の話をしたが、『祐天吉松』はもう少しの処で歌丸師が亡くなり立ち消えとなった。また同時に彼は「圓朝物を演りたい」と言って、私に相談した。その結果、”累（真景累ヶ淵）“にした。

この噺、最初は面白いが、真ん中辺から筋が錯綜して複雑怪奇で面白くない。そこで、「錯綜した部分をあっさり切り捨て都合よくまとめれば宜しい、まとめるなら、新吉と累を中心にした愛憎劇にしたらいい」と進言した。歌丸師が色々と工夫して出来たものは、歌丸独自で実に解り易い素直な”累ヶ淵“で、大いに観客にウケた。気をよくした歌丸師は、「次は何にいたしましょう」と言うので私は即座に『松操《まつのみさお》美人《びじん》生埋《のいきうめ》』（圓朝作）と言ったら、「じゃあ、それを易しく書いてください」と頼まれていたが、歌丸師は亡くなってしまった。

歌丸師は亦《また》、他のものでは『鍋草履』（これは初代圓右が得意にしていたものだ）を新しくしたり、『いが栗』という珍しいものを掘り起こして話題をまいた。重ねて言うと彼は歌舞伎観劇が好きで、歌舞伎座でよく一緒になり茶室《ティールーム》で歓談をした。

或る時、筋書（歌舞伎のパンフレット）の表紙に山女魚《やまめ》か、岩魚《いわな》だかの絵が描いてあったが、彼は、「この絵は間違ってます。岩魚は、本来こういう体裁です」と、正しいところを手帳に描いて示した。「なぜ、そんなに詳しいのか」と、訊いたら、歌丸師は山奥での川釣りの名手で、もう何十年も投《や》っている相当な釣り師なのだ。また、或る時、台湾の旅で、台北や北投《ペイトウ》で偶然にもよく会った。中山通路の真ん中で歌丸師と出っくわしたこともある。「いよッ」、「はッ」と挨拶もそこそこに、タクシーでそこから三十分程行くと蔣介石夫人宋美齢《そうびれい》の山荘があり、その上に温泉があって、そこへ行った。温泉へ入りながら歌舞伎や人情噺のことを話している内、二人とも湯あたりで目が回り、しばらく、洗い場へ寝転がり気を静めながらも、まだ歌舞伎の話をしていた。歌丸師、既に亡く、台北へ行って、北投温泉へ入っても歌舞伎の話、人情噺のことを誰と話して良いのか……。

◆落語三遊派、解説者プロフィール

藤浦 敦（ふじうら あつし）一九三〇年一月一日生まれ。映画監督、作品多数。日活映画最後の大作『落陽』の総監修、総合プロデューサー。脚本家。古典落語、人情噺作家。先々代藤浦周吉を創《はじ》め二代目藤浦富太郎を経て三代目落語三遊派宗家。

初代宗家藤浦周吉は三遊亭圓朝及びその門弟二百五十名を扶養して一大王国を築き、三遊亭圓朝宗家となる。

目次

編集部よりのおことわり

◆本書は桂 歌丸氏が遺した数多くの口演記録を参考にして、『真景累ヶ淵』（桂 歌丸口伝版全七席）と『江島屋怪談』（桂 歌丸口伝版全一席）の三遊亭圓朝の怪談噺を、三代目落語三遊派宗家・藤浦 敦氏が口伝版として構成し直して文章化したものです。作品中に登場する固有名詞、地名などは、実際の口演内容と藤浦 敦氏の監修作業と照らし合わせて、一部を編集部の責任において変更しております。予めご了承ください。

◆本書に登場する実在する人物名・団体名については、一部を編集部の責任において修正しております。予めご了承ください。

◆本書の中で使用される言葉の中には、今日の人権擁護の見地に照らして不当・不適切と思われる語句や表現が用いられている箇所がございますが、差別を助長する意図を以って使用された表現ではないこと、また、古典落語の演者である桂 歌丸氏の世界観及び伝統芸能のオリジナル性を活写する上で、これらの言葉の使用は認めざるをえなかったことを鑑みて、一部を編集部の責任において改めるにとどめております。

真景累ヶ淵　宗悦殺し

口演年月日
平成二十三年七月十六日　圓朝祭　他

幕末から明治にかけまして大活躍をなさいました我々落語界の神様と言われている三遊亭圓朝《えんちょう》師匠がお作りになりました『真景累ヶ淵《しんけいかさねふち》』。実は、だいぶ以前に五話に分けてお喋りをさせて頂きました。今回は、ノーカットで全部喋ってみたいと思います。以前は演らないところもあったものですから、発端の『宗悦《そうえつ》殺《ごろ》し』から、『深見新五郎《ふかみしんごろう》』、『豊志賀《とよしが》の死』、それから『勘蔵《かんぞう》の死』、『お累《るい》の自害』、『湯灌場《ゆかんば》から聖天山《しょうでんやま》』、そして最後に、え〜、これはもう、ある方が調べてくださいまして、圓朝師匠以来演ったことがないという、お亡くなりになった圓生（六代目）師匠も正蔵（八代目）師匠もお演りになってませんが、『お熊《くま》の懺悔』と云うところまでお喋りをさせて頂きたいと思ってます。

で、ここを喋りませんと、実はこの『真景累ヶ淵』の「謎解き」になりませんので、ですから、一回目にお見えになったお客様は、あと、六回お見えにならないと、もう筋がまるで分からなくなりますんで、まあ、一つ、お暇がございましたら、お遊びにいらして頂きたいと思いますが……。

根津の七軒町《しちけんちょう》に、皆川宗悦《みながわそうえつ》と云う按摩《あんま》さんが住んでおりました。で、この人の女房《おかみ》さんを、おかねと云ったんですが、もう前に亡くなってしまって、娘が二人おりまして、姉娘を志賀と云って今年十九歳。で、妹娘の方をお園《その》と云って十六。宗悦はこの二人の娘が成長していくのが何よりの楽しみでございます。ところがこの人には、もう一つの楽しみがございまして、……何かと云いますと、まぁ、揉《も》み療治《りょうじ》をして、療治代をもらう。その中から僅かばかりを、どけておいて、このどけた金《もの》がある程度たまりますと、人に高利《こうり》で金《これ》を貸しまして、で、それがどんどん増えていくというのが、宗悦の又一つの楽しみでございます。安永《あんえい》二年の十二月の二十日、朝からどんよりと曇っている寒い西北の風がびゅうびゅうびゅうびゅう吹いていて、今にも、空から白いものが降って来るんではないかという様な寒い陽気でございます。

時刻でいいますと只今では、夕方の五時近くでございますが、

「おぉい、志賀よ、……志賀よぉ！」

「何だい？　父っつぁん。な、まぁ、随分火が少なくなっちゃっているじゃないか。今あたしがね、ここへどっさりと継いであげるから、寒いだろ？」

「いや。そらぁ、いいんだ」

「いいんだってこのままじゃ、寒いじゃないか？　ちょいと、待っててておくれ」

「おらぁ、これからちょいと、出かけてこようかと思ってんだ」

「えっ？」

「いやいや、深見様《ふかみ》の屋敷へな。まぁー、返済《かね》の催促に行って来ようかと思うんだ。あそこの家は狡《ずる》くていけねぇやなぁ。何時まで経ったって返《けえ》しやがぁんねぇで、まぁ、元金《もときん》は無理でも、利子だけでももらって来ようと思ってな」

「お止《よ》しよぉ〜。……何故ってさぁ、帰りに雪でも降られたら足元が危ないじゃないか？　日を定めてね、ねっ？　日を改めて、それからお出かけになったらいいじゃないか？」

「そんなことを言ったらおめえ、何時まで経っても出かけられやしねぇよ。降られりゃ余計出にくくならぁな。うーん。それからおらぁ、帰《けえ》りにな、由兵衛《よしべえ》さんのところに寄って来るからな。ちょいと遅くなるかも知れねえけれど、心配《しんぺえ》はしなさんな。あっ、それから着物《これ》じゃあちょいと具合《ぐえい》がわるいからな、綿が沢山入ったちゃんちゃこがあったろ？　あいつを俺に着せてくれ。……うん、よしよし、これのほうが良いやな。傘の仕度をしといておくれよ」

　娘はやりたくなかったんですが、言い出したらきかない父親でございますんで、すっかり仕度をしてやって、傘を紐で結んで、肩にこれを斜っかいにかけまして、朴歯の下駄を履いて、杖を頼りに長屋を後にいたします。

この後ろ姿を二人の娘が名残惜しそうに、こう見送っておりまして、慣れた道だと見えまして、小石川小日向服部坂《こいしかわこびなたはっとりざか》、二百五十石の御旗本で屋敷を構えている深見新左衛門《ふかみしんざえもん》、まぁ、こう云いますと大変に聞こえはよろしゅうございますが、小普請組《こぶしんぐみ》、つまり、無役でございます。役付きでしたらば、まぁまぁ、侍として世に出ることも出来るんですが、無役ではどうにもしょうがない。いろいろと上役に金を使い、方々に手を回したのですが、どれもこれも上手くいきませんで、もうしまいには自棄《やけ》をおこして、がぶがぶがぶがぶ酒ばかり飲んでいると云う、つまりアル中という奴でございます。

もう、こんな具合ですから、所帯は火の車、奉公人だってそう大勢は置くことが出来ませんので、下男の三吉と云う者と、門番の勘蔵《かんぞう》、この二人だけでございます。……もっとも勘蔵も門番ばかりはやっていられません。それに滅多に人なんぞ来《こ》やしませんので、他の雑用をしなくてはいけないために、徳利《とっくり》門番と云うのを置きまして、……で、この徳利門番と云うのはどういうのかと思いましたら、切り戸《きど》の向こうに紐で一升徳利をぶら下げておく。で、入ります時に、切り戸を押しますと紐が付いてますから、徳利がこう上にあがって行く。で、中へ入ってこれを放しますと、徳利の重みでこう下がって来るから、切り戸が閉まるという……、これ一番金のかからない門番でございます。奥方が、奥のこと、勝手のことと、一手に引き受けてやっている。ここへ宗悦が訪ねてまいりまして、

「えー、ごめんくださいまし。……えー、お頼み申します」

「どぉーれ」

今も申します通り、人手がございませんので、奥方自らが取次ぎに出てまいりましてね。

「まっ、誰かと思ったら宗悦じゃありませんか。この寒いのによく出て来ましたね」

「奥さまでいらっしゃいますか？　ご無沙汰をしておりまして、申し訳がございません。え〜、お変わりがなくて何よりでございます」

「おまえも変わりがなくて何よりです。で、宗悦、今日は？」

「はっ……、え〜、殿様にちょっとお目にかかってお話ししたいことがございますんで、恐れ入りますがお取次ぎを」

「御前様は、今、御酒を召し上がっている。おまえも知っての通り、お酒の上のあんまりいい人じゃありませんから、心得ていておくれよ」

「それはもう大丈夫でございます。ちゃんと分かっておりますので」

「そうか、じゃあ、危ないからあたしが手を引いてあげましょう。さぁ、こっちへ手をお出し」

「こらぁ、どうも、ありがとう存じます。恐れ入りま……、ちょいとお待ちくださいまし、何やら足へ引っかかりまして」

「畳が破れているから、気をつけておくれ」

畳とは名ばかりでございます。タタばかりで実《ミ》がございませんで。歩きますと、足ぃざらざらざらざらまとわりついて、厄介《やっかい》でございます。入ってまいりますと、新左衛門、湯豆腐か何かで一杯飲んでいる。

「なにぃ？　宗悦が参《まい》ったかぁ？　ああ、ははは、宗悦か？　よく参ったな。これへ参れ。遠慮せずにこれへ参れ」

「え〜、御前様、え〜、ご機嫌よろしゅうございまして、え〜、お寒《さむ》ございますが……」

「う〜む、寒いのう。今なぁ、湯豆腐で一杯飲んでいるところだ。寒い時はこれに限る。ヒック、そちにも一つ、杯《さかずき》をとらそう。受け取れ」

「どうもどうも、ありがとう存じます。それでは頂戴をさせて頂きますんで」

「さぁ、儂《わし》が酌をしてやるから、杯をもっとこちらへ出せ」

「恐れ入ります。それでは頂戴をさせて頂きますんで……、ありがとう存じます」

「盲人というものは器用なものだな。酒の加減を杯の中に小指を入れてみるのか？　あっはははぁー、器用なものだのう？」

「恐れ入ります。……うーん、ありがとう存じました。お返しを……」

「おお、よしよしよし、いやいや、酌はせんでよい。手酌で飲むからな。ゆっくりと飲んでまいれよ」

「へえ、手前はもうお酒は結構でございますので」

「ならば好きなものを奥に言って、飯でも食って帰って行くがよい。よいな？」

「……実は、御前様、今日伺いましたのは他のことではございませんで、ご用立ていたしました金子《きんす》が、だいぶ長くなりますので、そろそろご返済を願いたいと、これをお願いにあがった次第でございますが……」

「おーう、そうであったな。いやいや、……心配はいたすな。（胸を叩き）ちゃんと儂は心得ているからな、うん。そのうちに返すから安心いたせ」

「……へへっ、え〜、そのうちではちょっと具合が悪いんでございまして、いえ、手前の金だけでしたらば、あまりご催促も申し上げないのでございますが、他所から借りた金をこちらに融通させて頂いている。そういう廉《かど》で先方からも、やいのやいのと催促を受けますので、え〜、お貸ししてもう三年越しになりますので、このあたりでひとつ、ご返済を願いたいと思いまして……」

「おお、おまえのようにそう『返せ、返せ』と申しても、無いものは返せんのだ。昔から『無い袖は振れぬ』ということを申すだろう。心配いたすな。そのうちに返して遣《つか》わすから、安心いたせ」

「……今年は、ことのほかの金詰まりでございまして、手前のほうも、二進《にっち》も三進《さっ》ち《ち》も行かなくなりかかっておりますので、まあ、ひとつ、この辺で綺麗に方《かた》を付けて頂きたいと……」

「おまえも、くどい奴だな。無いものを返すことが出来ると申すのか？　無いものは返すことは出来んではないか？　あまりくどいことを申すと、タダでは済まんぞ」

「……タダでは済まんと仰《おっしゃ》いますが、……死んだ女房がこちらに御奉公していた廉で、普通よりもお利子は、お安くご用立てをして頂いておりますんで、そう仰らずにお返しを……」

「くどいな、おまえも！　『返せぬ』と言ったら何といいたすんだ？　う～ん。あまり無礼を申すと、タダではおかんぞ！」

「タダではおかんと申しますと、……どうなさるおつもりです？」

「手討ちにいたす！」

「……お手討ちに、フッフッフッフッフ、ヒッハッハッハ、面白《おもしろ》うがすな。貸した金の催促をして手討ちにあった日にゃぁ。世間中の金貸しはみんな首無しで商いしなくちゃなりませんで……。あたしも、男でございます。御前様がそう仰るのでしたら、お手討ちになりましょう。どうぞ、お斬りくださいまし。……どうぞ、お斬りくださいまし。斬れるものでしたら、お斬りくださいまし」

「おのれ！　無礼者！」

酔っておりますんで、大刀《だいとう》に手が伸びた。斬るつもりは無かった。鞘ごと斬る真似をして、宗悦を脅かそうと思ったんですが、酔っておりますんで、これが、スッと鞘走ったのに気がつかずに、左の肩先から乳《ち》の下にかけて、一刀のもとに斬り殺します。

「う～ん」

と言うと、バッタリと宗悦は前へのめる。

「奥っ！　……奥……、宗悦がつまらんことを申すから、……酒が不味い。……そっちへ連れて行って飯でも食わせて帰してやれ」

呼ばれたために奥方が入ってまいりますと、宗悦が朱《あけ》に染まって倒れている。

「あなた、どうして？　どうして、宗悦をお手討ちになさったんでございます？」

「バカなことを申せ。手討ちにした覚えはない。鞘ごと、……ハッ、……騒ぐでない。……騒ぐでない。いいのだ」

人を斬っておいて、「いいのだ。いいのだ」って法はありませんでしてね。このことが世間に知れれば、取り返しのつかないことになります。考えた挙句、下男の三吉と云うものを呼びまして、古道具屋から古い葛籠《つづら》を買って来させます。名前も紋も入っていない古い葛籠でございますが、宗悦の死骸を地紙にすっかりと包んで、その上から油紙《あぶらっかみ》で包んで、買って来た葛籠の中に入れまして、

「これ、三吉、実は、あまりに宗悦が無礼なことを申すので、無礼討ちにした。上役に『無礼討ちにした』と申せば、それで通るのだが、この暮れへ来て時がかかっては面倒だ。そこでな。おまえに頼みがあるというのは、宗悦の死骸を葛籠ごと、どこぞへ捨てて来てもらいたい」

「旦那様、それはどうぞ、ご勘弁の程を」

「いや、これはおまえでなければ頼むことの出来ないことなのだ。……さあ、三吉、ここに金が二両ある。恥ずかしいことだがこれが我が家の全財産だ。これをおまえにやるから、宗悦の死骸を捨てたらば、何処《いずこ》へとも行って暮らすがよい。二度と再びこの屋敷へは戻って来なくてよいぞ。分かったな？　しかし、このことがもしも世間に知らば、おまえの口から洩れたと思い、如何なるところに隠れ住んでいようとも見つけ出して、その首は胴にはついておらんぞ。……分かったな？」

「泣く子と地頭には勝てん」と云うことを言いますので、仕方がないから三吉は、僅かばかりの自分の荷物を風呂敷包みにいたしまして、この葛籠を背負って屋敷を出ます。ところがこの男が、大変な臆病者でございまして、寂しいところへ捨てればいいんですが、ましてや背中に仏様を背負っているもんですから、賑やかな人通りの多いところばかり選って、こう、歩いておりまして、これは何時まで経ったって捨てられやしません。そのうちに、チラチラチラチラ白いものが舞って来る。三吉はどこをどう歩きましたのか、根津の七軒町あたりまでやってまいります。（ハッ）と気がつきますと、喜連川《きづれかわ》という大きなお屋敷があって、その脇がずぅーっと秋葉《あきば》の原になっていて、自身番が建っております。気がつきますと雪が降ってきたせいか、人通りは途絶え、シーンとしておりますので、(しめた!)というので、この自身番の横に葛籠を捨てて、自分は何処かへ姿をくらまします。

暫く経ちまして通りかかりましたのが、愚図六《ぐずろく》に馬鹿鉄《ばかてつ》という二人の駕籠かきでございます。この二人がまぁ、酒は好き、博打は好き、のべつのべたらすってんてんでございまして、今日も商売に出たのですけれども、客を拾うことが出来ない。寒さは段々寒くなって来る。腹は減って来る。もう我慢が出来ないと、空駕籠を担いで長屋へ帰る途中で、兄い分の馬鹿鉄というのが、この葛籠にふっと目をとめまして、

「おーい、ちょいと待て待て、ちょいと待て。……おい、ちょいと待て。駕籠降ろせ。駕籠降ろせ。おい、ロク、あそこを見ろ」

「えっ?」

「あそこを見ろよ」

「何だ……、あれは……、葛籠じゃねぇのか?」

「葛籠だよ」

「だけど、兄いの前だけど、何だって、あんなところに葛籠があるんだよ？」

「こりゃ、俺が読んだところじゃ、どっかの屋敷へ盗人が入《へえ》ったんだな。で、あの葛籠の中に、盗んだ品物をいろいろと詰めて担ぎ出したんだが、追っ手に追われてよぉ。（もう逃げきれねぇ）と諦めて、葛籠だけあそこへ捨てて逃げて行ったんだ」

「じゃあ、あの葛籠の中にはいろんなものが入《へえ》ってんだろうな？」

「そりゃ、入ってるんだろうな」

「着る物も入っているかな？」

「そりゃ、着る物だって入っているだろう」

「じゃあ、葛籠を開けて、何か着る物を二枚でも三枚でも着ようじゃないか。俺はもう寒くて寒くて、どうにもしょうがねぇんだ」

「こんなところで葛籠を開けて、通りがかりの奴に見《め》つかったらえれぇことになるから、……俺、今、ひょっと思いついたんだ。あの葛籠をな、駕籠の中に押し込んで長屋へ持って帰《けぇ》ってそれから開けようじゃねぇか？」

「いいところへ気がついた」

「おまえ葛籠のそっち持て」

欲と二人連れでございます。で二人が葛籠をやっとの思いで籠の中に押し込んで、長屋へ帰ってまいりました。雨戸を閉めたんですが、もう、隙間だらけの雨戸でございます。根太板《ねだいた》も寒さ凌ぎに燃してしまった為に、あちらこちら根太板が無い。勿論畳だって一枚もありゃしません。少ーしばかり根太板の残っているところへ二人がやっとの思いで、この葛籠を置いて、

「なぁ、兄いよ、早《はえ》えとこ、早えとこ、開けようじゃねぇか。こりゃ寒くて、どうにもしょうがねぇんだ」

「待て待て、無闇やたらに開けちゃいけねぇやなぁ。……いやぁ、何故ったたっておまえ、長屋の連中が手水場《ちょうずば》へ起きて来てよ、雨戸の隙間から覗かれたらええれぇことになるわなぁ」

「じゃあ、どうすりゃいい？」

「灯りを消して手探りでもって探ろうじゃないか？　手探りで探れば、おまえ、木綿物か、絹物か、はっきり分かるじゃねぇか。羽二重《はぶたえ》かどうか、手探りで探るんだ」

「よし分かった。じゃあ、その手探りで探るの俺のほうがやるから、あああ、兄い、すまねぇけど、その行灯の灯りを消してくれねぇか？」

「消すけど、ちょいと待て。先にこの錠前《じょうめえ》を壊さなきゃいけねぇ。そこに雑巾があるだろ？　その雑巾でもってこの錠前をしっかりと、こう巻いてみろ。……そこに石があらぁ。その大きな石でもって、二つ三つ叩いてみろ……、どうした？　錠前、壊れたか？」

「兄い、外れた」

「そうか、大丈夫《でぇじょうぶ》だな？」

「大丈夫だ、兄い。俺、手探りでやるから、兄い、すまねぇけど、その行灯の灯りを消してくれ」

「よし、分かった。じゃあ、俺、消すからな。はぁ、ふぅー。……大丈夫か？」

「大丈夫だ、……今、俺が手探りでもって、……兄い」

「何だ？」

「……油紙《あぶらっかみ》みてぇなものが手に触るんだが……」

「そりゃぁ、おめぇ、着物や何かが濡れねぇようにってんで、油紙ですっかり包んであるんだ。油紙を剝がしてみろ」

「……油紙を、……油紙の下、……兄い、下ぁ、地紙だぞ」

「地紙じゃねぇ、そりゃ畳紙《たとう》ってんだよ。着物が一枚一枚ちゃんとたたんで収めてあるんだ。こりゃ良いものに違《ちげ》えがねえや。もっと探ってみろ」

「じゃあ、こっち側のほうを探って……、ん？　……うわぁぁぁ」

「どうしたんだよ？」

「兄い、何だか、坊主頭みてぇなものがあるんだよ」

「鬘だよ、そらぁ。踊りのほうだなぁ。道成寺《どうじょうじ》で所化《しょけ》が被る坊主頭があるじゃないか？　踊りのどっかへ入《へえ》って持って来たんに違えねえや」

「……うわあああああ！」

「どうしたんだよ？」

「何だか知らねぇけど、顔のようなものがあるんだよ」

「お面だよ、そりゃぁ。じゃあ、踊りじゃねぇ、お能のほうだな。おらぁ人に聞いたことがあるぞ。能面なんて云うものは、一つでもって何十両、何百両とするものもあるってんだ。（手を叩き）こいつは、運が向いて来た。もっとよく探ってみろ」

「何だか気持ちが悪いんだけど、……兄い、……兄いぃ」

「何だよ、妙な声を出すなよ。どうしたんだよ？」

「なんだかおかしいよ。人間の身体みてぇなものがあるんだよ。それに変な臭いがするんだよ。生臭《ぐせ》え様な、……何か、……手に何だか知らないけれど、ねちゃねちゃしているものがくっ付いた。兄い、こりゃダメだ。灯りを点けて見たほうが良いよ。兄い、灯りを点けてくれ！」

灯りを点けますと、宗悦の死骸が血まみれになっているものですから、二人が、

「うわぁっぁぁ」

っと言うと、土間へ転がり落ちた。こんがらがりながら表へ「わぁーっ」てんで、大騒ぎをしたために、長屋の連中が飛んで出てまいりまして、

「まあ、夜の夜中にうるせぇなぁ！　どうしたんだよ？」

「……へっはんふぁはん、……へっはんふぁはん……」

「なあに？」

「……はっ、葛籠ぁ……、葛籠」

「葛籠？」

言われて長屋の連中が提灯で中を照らして見ますと、宗悦の死骸ですから、長屋中蜂の巣を突いたような大騒ぎになりまして、顔を見知った者が一人いて、直ぐに娘二人に知らせて飛んで来る。二人の娘が宗悦の死骸に取り縋《すが》って、「う

わぁー」っと泣いている。訳を訊いてみると、深見の屋敷に掛取《かけと》りに行った。人を介して訊ねてみますと、

「いやぁ、確かに宗悦は参った。参ったから、金を与えて飯を食わせて帰した。それから先のことはよく分からん」

こう言われてしまいますと、相手は御旗本でございますんで、これ以上詮索のしようがございません。斬り得《どく》、斬られ損《ぞん》ということになりまして、谷中日暮里《やなかにっぽり》の早雲寺《そううんじ》という寺に宗悦の死骸を葬りまして……。しかし、人を殺して、それで済むというものではございませんで、奥方が大変に心の優しい人で、（罪のない宗悦を殺して、あとに残った二人の娘が可哀想だ）、これを思うと気の病、只今で言いますと、ノイローゼでございますが、どっと病の床に就くようになりまして……。

さあ、先ほども申しました通り、奥方一人で奥のこと、勝手のことを切り盛りをしていた。その本人が寝込んでしまったんですから、看病する者が居りませんで……。

その当時、市ヶ谷に長坂一斎《ながさかいっさい》という剣術の先生が開いている一刀流の道場がございました。で、ここに（深見家の）長男の新五郎という者が内弟子として入っ

ている。この新五郎を呼び寄せて、看病させます。真《まこと》の親子でございますから丁寧に看病をしている。しかしお勝手をやる者が居なくなった為に、深川網打場《あみうちば》と云うところから、お熊《くま》と云う女を一人雇ってまいりました。歳が二十七、色街《いろまち》にも出ていたことがあるものですから、器量も良く、酒の相手も出来る、話も面白い。ちょっと酔ったときには、唄の一つも唄うというんですから、新左衛門がたいへんなお気に入りでございまして、

「いや、酒の相手は熊に限るな」

なんて、言う。そのうちに新左衛門は一人寝の寂しさで、ふっとこのお熊にお手が付きます。端《はな》のうちは何ごともございませんが、日数が経つに連れましてこの女が、むやみやたらに酸っぱい物ばかり食べるようになる。看るものも看なくなってしまう。つまり新左衛門の胤《たね》を宿したんでございます。

さあ、こうなった途端に、この女が本性を現しました。（……奥方が居なくなれば、自分がここの屋敷の奥さまに成れる）そういう下心があったもんですから、あることないことと言いたいんですが、ないことないことを新左衛門に告げ口をいたしまして、

「奥さまがあたしの顔を見ると、実に嫌な顔をなさるんですよ」

とか、

「若様が私に根性の悪いことばっかりするんです」

聞くと新左衛門、腹を立てまして、今年十九にもなっている長男の新五郎を、煙管《キセル》でもって打ったり叩いたりする。新五郎が、（情けない……、こんな親のもとに居たのでは、世に出ることは出来ない）からと、母親のことが気がかりではございますが、後々のことを門番の勘蔵に、よぉーく頼んで、自分は田舎のほうに身を引いてしまいます。

奥方の病が、新五郎が居なくなった為ですか、どんどんどんどん悪くなっていく。新左衛門は、

「おまえのように、そう『苦しい、苦しい』と毎日言ってたんでは、しょうがないではないか。あっちの医者にも診せ、こっちの薬も用《もち》いたが、よくならない。チッ……、困ったもんだなぁ。……どうだ、按摩でも呼んで鍼《はり》でも打ってみるか？　ものは試しだ」

と、こんな話をしているときに、ある晩のこと、表を流しの按摩さんが通りましたんで、呼び込んで鍼を打ってもらいますと幾らか楽になった奥方が、

「おまえのおかげで、少しは楽になりました。明日もまた来ておくれ」

「ありがとう存じます。また、明晩も必ずお伺いをいたしますから」

三日続けて鍼を打つ。三日目に、一番しまいに鳩尾《みぞおち》のところに打った鍼が動《どう》じたというんですかね、その痛いのなんのって、

「おまえが、……おまえが打ったあの鍼がぁ、い、痛くて痛くて、ああ、どうすれば？」

「え〜、奥様、え〜、これは、鍼が効いたのでございます。御苦しみではございましょうが、え〜、直ぐにお楽になりますんで、また、明日お伺いをさせて頂きますんで、御免下さいまし」

それっきり、この按摩さんは参りません。あくる日から、鍼を打った痕にじくじくじくじくじく水が出はじめて、新左衛門が怒ったのなんの。

「掘り抜きの井戸じゃありもしない。水が出れば良いと言うものではない。勘蔵、今度あの按摩が通ったら、必ず呼び込め！　拙者が断じてくれるから」

待つこと三日。ある夜中近くに、ピィィィィィィーっという笛の音。

「勘蔵！　参った、あれに違いがない。呼んで参れ！」

門番の勘蔵が連れてきた按摩さんを見ますと、似ても似つかぬ歳をとった小さな汚ぁい按摩さんですので、

「勘蔵、違うではないか。確かめて呼ばねばならんのに。チッ……、敵《かな》わんなぁ。呼んでしまったものは仕方が無い。

おい、おまえは、病人の面倒を看ることが出来るか？」

「手前は、もうこの歳でございますので、病人の面倒は看ることは出来ませんで、お丈夫な方の揉み療治でしたら、……出来ますが」

「鍼は打てるか？」

「手前は、遅くに（按摩に）なったものでございますので、鍼などは打てやしませんで、へえ、揉み療治だけでございますが」

「仕方が無いなぁ……チッ、鍼も打てなければ、病人の面倒も看ることが出来ないと言う。勘蔵、厄介な者を呼び込んだなぁ？　まあ、しかし、呼んでしまって帰れと言うのも気の毒だ。……儂もここのところだいぶ疲れている。後ろへ回って、儂の肩を揉め」

「こりゃどうも、ありがとう存じます。へぇっ、それでは、え～、お殿様につかまらせていただきますんで、はい、え～、御免下さいまし。御免下さいまし」

「いや、もそっと強く揉んでいいぞ……、うーん、いや、右は左程でもないが、左のほうが、いや、おまえのその、おまえのその指で押されると、痛、痛いのう。少しは加減をしたらどう……、うっ、痛い！　おいっ！　痛いではないか？」

「……痛《いと》うございますか？」

「痛すぎるわ！」

「こんなぁ痛さでは、ございませんでしたぁ～。……去年、十二月の二十日の夜、左の肩先から乳《ち》の下にかけて、あなたに斬られたときの痛さといったら、こんな痛さぁではございませんでした」

「何ぃ！」

振り向いて見ますと、自分が手にかけた宗悦が恨めしそうな顔をして、見えぬ両眼をこう開いて新左衛門の顔を見ている。

「おのれ、宗悦、迷うたな」

と言うと、大刀《だいとう》に手が伸びて、さぁっと斬りつける。

「きゃぁー」

っと言う声で、ふと我に返ってよく見ると、寝ていた奥方が便所《はばかり》にでも行くんでございましょう、歩いてきたところを、左の肩先から乳の下にかけて一刀のもとに斬り殺しました。これを見て、かっぁーっと逆上をいたしました新左衛門、家の中じゅう暴れ回って、挙句の果てには血刀《ちがたな》を下げて、隣屋敷に斬り込んで、とうとうここで斬り殺されてしまいます。乱心をしたと云うので屋敷はお取り潰し、お熊は女の子が生まれたのでございますが、屋敷が潰れてしまっては仕方が無いので、親元の深川網打場に帰る。次男の新吉と云う者が居りましたが、これは未だ三歳で幼かった為に門番の勘蔵が、この子を連れて、何処《いずこ》かへ姿を隠します。

何年か後に、この新五郎、そして新吉、その他、お園、あるいは志賀、いろいろな因縁関係を以っておどろおどろとした世界が広がってまいります。『真景累ヶ淵』から、発端の『宗悦殺し』でございます。お時間でございます。

真景累ヶ淵　深見新五郎

口演年月日
平成二十四年　七月十四日　圓朝祭　他

まぁ、お運びをいただきまして、厚く御礼を申し上げます。まあどうぞ、お終いまでご愉快にお過ごしのほどをお願いいたしますが……。

我々落語界の神様と云われている幕末から明治にかけまして大活躍をなさいました三遊亭圓朝師匠の御作《おさく》でございます『真景累ヶ淵』の第二話でございます『深見新五郎』、で、このぅ、新五郎のお父《と》っつぁんを新左衛門と申しまして、小《こ》石川《いしかわ》小《こ》日向《びなた》服部坂《はっとりざか》に屋敷を構えて、二百五十石取りの御旗本、ま、こう言いますと大変に聞こえはよろしいんですが、小普請組《こぶしんぐみ》、つまり無役でございます。役付きでございましたら、侍として世に出ることも出来るのですが、無役ではこれどうにもしょうがない。いろいろと上役に金を使い、まあ、方々に手を打ったのですが、どれもこれも上手くいきませんでした。もう、終いには自棄をおこして、ガブガブガブガブガブ酒ばかりを飲んでいるという、……つまりアル中という奴でございます。まっ、こんな具合ですから財政上も大層苦しいというので、手の届く限りの借金をいたしまして、皆川宗悦という按摩から金を借りましたが、三年越しこれが返せませんでした。利に利が積もって三十両という金になります。ご案内の通り、昔は十両盗むと首が飛んだ時代の三十両でございますから、こらぁ大きゅうございます。

安永《あんえい》二年の十二月の二十日の夜、宗悦が催促に来る。相変わらず新左衛門、飲んでいる。

「もうそろそろ返してもらわないと困るから返してくれ」

「今は金が無いから返せない」

「それじゃあ、困るから返せ」

「返せない」

段々段々言葉が荒くなりまして終いには新左衛門、「おのれ無礼な奴だ」と言うと、刀掛けの大刀《だいとう》に手がかかりまして、抜き打ちで、この宗悦を斬り殺します。死骸のやり場に困って、古道具屋から紋も名前も入っていない古い葛籠を買って参りまして、この中に宗悦の死骸を入れて下男の三吉と云う者に、これを捨てにやります。しかし幾ら旗本だって、人を殺していいと云う法はございませんで、これが世間に知れればえらいことになりますんでね。

しかし、奥方と云う方が大変に心の優しい人でございまして、（罪の無い宗悦を手にかけて、可哀想だ。後に残った二人の娘が気の毒だ）と、これを思うと気の病、まっ、只今で言いますと、ノイローゼでございますか……。どっと病の床に就きます。いや、只今も申しました通り、財政上苦しい所帯ですから、女中などは置けませんので奥方が勝手のこと、奥のことを一身に引き受けてやっていたのですが、寝込んでしまったために大変に不自由を感じまして、深川網打場と云うところから、お熊と云う女中をひとり雇って参りまして、奥方のほうの面倒はその当時、市ヶ谷に長坂一斎《ながさかいっさい》という一刀流の剣術の道場があった。ここに内弟子として住み込んでおりました長男の新五郎を呼び寄せて看病をさせます。真《まこと》の親子ですから、一所懸命、母親の看病をする。で、このお熊と云う女は、元はと云いますと、まっ、水商売なぞにも出ていたことのある女ですから、器量も程々に良く、人あたりも良いし、酒の相手も出来る。ちょっと酔ったときには、唄のひとつも唄おうというんですから、新左衛門が大変なお気に入りで、

「いやぁ、酒の酌は熊に限るなぁ」

なんてぇ云うので、そのうちに新左衛門が一人寝の寂しさから、このお熊にふっとお手が付きました。端《はな》のうちは何事もございませんでしたが、日数が経つに連れまして、殿様の胤《たね》を宿しました。つまり妊娠をしたわけでございます。さぁ、こうなりますとこの女が、ガラッと本性を現しまして、奥方が死ねば自分がこの屋敷の奥様に成れるという下心があるものでございますから、あることな

いことと云いたいのですが、それこそ、ないことないことを、殿様に告げ口をいたしまして、

「奥様があたしの顔を見ると嫌ぁな顔をなさるんですよ」

とか、

「若様があたしに、根性の悪いことばかりするんですよ」

聞くと新左衛門、大変に腹を立てまして、今年十八にもなっている新五郎を煙《キ》管《セル》でもって打ち打擲《ちょうちゃく》をする。新五郎が、「情けない。……こんな親のところに居たのでは、世に出ることが出来ない」からと、母親のことが気がかりではございますが、後のことをある程度、門番の勘蔵と云う者に頼んで自分は田舎のほうに姿を消してしまいます。

ちょうど、新左衛門が宗悦を手にかけました一年目の十二月の二十日の夜でございます。

新左衛門、あまりと云えば肩が張ると言うので、流しの按摩を呼んで揉み療治をさせているうちに、いつかこの按摩の顔が自分が手にかけました宗悦の顔に見えましたんで、

「おのれ、宗悦、迷うたな！」

と言うと、刀を抜いてザァーっと、左の肩先から乳《ち》の下にかけて斬り下げます。

「きゃぁぁぁぁ」

っと云う声で、ふと我に返ってよく見ると、寝ていた奥方が便所《はばかり》へでも行くんでございましょう。歩いて来たところを左の肩先から乳の下にかけまして、一刀の元に斬り殺します。これを見て新左衛門、かぁーっと逆上をして、家の中じゅう暴れ回って、挙句の果てには血刀を下げて隣屋敷に斬り込みました。とうとう、ここで斬り殺されてしまいます。

乱心をしたというので屋敷はお取り潰し、お熊は女の子が生まれたのでございますが、これ、屋敷が潰れてしまってはどうにもしょうがない。この子を連れて親元に帰る。で、新五郎の弟で、新吉と云う者が居たのでございますが、この子はまだ三歳だった為に、門番の勘蔵がこの新吉を連れて、やはり、何処《いずこ》かへ姿を消します。田舎の方に引っ込んでおりました新五郎が、（こんなところに居たのでは、生涯うだつが上がらない。父上にもういっぺん詫びをしよう）と三年ぶり、江戸へ戻ってまいりまして驚きました。

屋敷は跡形もございませんで、知《し》る辺《べ》もないものですから、菩提寺の和尚のところに来て、話を聞いて、（情けない……、こんなことでは世に出ることは出来ない）から、いっそ死のうと、墓の前で腹を切ろうといたしますところへ通りかかりましたのが、谷中七面前《やなかしちめんまえ》で、下総屋《しもうさや》という質屋をやっている、ここの主《あるじ》で、惣兵衛《そうべえ》という人。これを見て引き止めまして、話を聞いて、

「話を聞いてみると、あなたもお気の毒だ。しかし、未だ歳がお若いのだから、死ぬなどと云う、了見を起こしちゃいけません。まぁま、兎に角、手前の家へ」

店へ連れてまいりまして、使ってみますと、読み書きは出来るわ、算盤《そろばん》は達者だわ。それが為に、いっそ町人となってと、下総屋でもって働き始めました。で、店の評判も、近所の評判も、大層よろしゅうございますんで、

「今度、お宅へ、良い若い衆《し》さんがお見えになったようですが、どっからお見えになった方で？」

「実は、遠い知《し》る辺《べ》から預かっている人間でございますから」

と、身分も打ち明けずに、新五郎にも身分を明かさないようにと口止めをして、新五郎はこの下総屋で一所懸命働いております。

と、ここに仲働きをしております今年十九になるお園と云う娘。で、これは新左衛門が手にかけました宗悦の妹娘。姉を志賀と云いまして、富本（節）の師匠

をしている。で、その妹のお園が三年前からこの下総屋で仲働きをしている。大変に器量が良く心の優しい女ですので、新五郎が一目見て、（あっ、所帯を持つならこういう娘《ひと》と）と、お園にぞっこん惚れ込みまして……。

お園の方でも、新五郎は大変に良い男ですし、店の評判も何も良いものですから、（良い人だ）と思いそうなものですが、虫が知らせると云うのか、新五郎がもう近づいて来ただけで、鳥肌が立つという。特に話しかけられた日には、もう、寒気まですると云うんで、避けるように避けるようにしております。片っ方のほうはそんなことを知りませんから、「お園どん、お園どん」と言って、何くれとなく話しかけたり面倒を見る。その内にお園が、ふとした風邪が元で、どっと病の床に就きました。

さあ、こうなりますと新五郎が夜の目も寝ずに看病をいたします。熱が高いと思うと冷やしてやり、薬は煎じる、お粥は拵えてやる、一所懸命面倒を見る、看病をいたします。お園のほうでは、もう、嫌で嫌でしょうがないんですが、患ったときには、一に看病、二に薬と云うことを云うようですので、しようことなく面倒を看てもらっている。そのおかげですか、段々段々お園の身体《からだ》も良くなって来て、もう今では床を上げて針仕事の一つも出来るような病状になりました。

ある晩のこと、新五郎が使いの帰りが大層遅くなりまして、店へ戻ってくる。もう夜も遅いものですから、奥も店も皆寝てしまった為に、自分で戸締まりをして、幾らか酔っているような……、赤い顔をしております。喉が渇いているために、台所へ出て行って、柄杓で水を飲んでいる。ハッと向こうを見ますと、女中部屋に灯りがついている。これを見て、スッと部屋の前まで来ました新五郎、中の様子をうかがって見ますと、お園が行灯の傍で手あぶりを傍に引き寄せて、一所懸命針仕事をしている。これを見た新五郎が、

「お園どん」

「はっ、びっくりした。ああ、びっくりした……、新どんじゃないか？　おまえどうしたの？　こんなに遅くに」

「実は番頭さんのお使いで、伊勢茂《いせも》さんまで行きまして……、で行ったら、向こうの番頭さんが、

『おまえはお酒が飲めないということを聞いていたが、流山からもらった良い味醂《みりん》がある。これだったら、少しぐらいは飲めるだろう』

と言われて、頂いたところ、大変に甘くて美味しかったものですから、ついつい飲み過ぎてしまいまして、赤い顔をしてるでしょ？」

「真っ赤な顔をしてます、もう、皆さん、お休みになったんです。新どんも早く寝てくださいな」

「すいませんが、煙草を一服喫《の》ましてください。いえ、火打ちを忘れて飛び出しちゃったもんですから、途中で休んで煙草を喫むということが出来ませんで、一服喫んだら向こうへ行って寝ますんで、恐れ入ります。すいません。……煙草喫みが、煙草を喫めないというのが、随分……辛いもん、辛いもん、辛いもん……」

「おまえ、何をガタガタ震えているの？　その行灯の火を消さないでくださいよ」

「大丈夫です。大丈夫です。プッ、スゥー……、煙草喫みが煙草が喫めないってのは辛いもんです。スゥー、けど、お園どんも早く病気が良くなって良かったね。あたしもお園どんの病気が治るようにと不忍の弁天様に願をかけて、一所懸命看病させてもらいました。早く良くなって、良かったね」

「いろいろとご面倒かけてありがとうございました。あのう、もう、遅いんですから、皆さんお休みですので、新どんも早く、店のほうへ行って寝てくださいな」

「番頭さんのお使いで、伊勢茂さんまで行きましたら、向うの番頭さんが、『おまえはお酒が飲めないということを聞いていたが、もらった味醂《みりん》があるから、飲んでみろ』

と言われて、頂いたところ、甘くて美味しかったものですから、ついつい飲み過ぎてしまいまして、顔が赤いでしょ？」

「赤い顔をしています。早く向こうへ行って、休んでくださいな」

「恐れ入りますが、もう一服喫ませてください。もう一服喫んだら向こうへ行って寝ますんで、すいません。その手あぶりをこっちへ、……恐れ入ります。煙草喫みが煙草を喫めないってのは、辛いもんですから……、プッ、スゥー……、そうだ、この間、お使いの帰りに、姉さんにお会いしました。姉さんの仰るのには、

『妹がああいうことになって、本当はこっちへ引き取って面倒を看なくてはならないんだが今、おさらいの稽古にかかってしまってなかなか手が離せない。話に聞くと、おまえが妹の看病をしてくれている。ありがたいと思っている。妹も末には所帯を持たせなきゃならないんだが、出来たら新五郎《おまえ》の様な人と一緒にさせたい』

なんて……、フフ、姉さん芸人だけに、こんな嬉しいことを云ってくれました。あたしも、ありがたいと思ってます』

「あの、新どん、……こう云うところを人に見られるとなんですから、早く向うへ行って休んでくださいな」

「番頭さんのお使いで、伊勢茂さんまで行きまして……、味醂を御馳走になった。甘くて美味しかったものですから、飲み過ぎました。赤い顔をしているでしょ？」

「真っ赤な顔をしてます。早く向こうへ行って寝てくださいな」

「そんなにポンポン言わなくたっていいと思う。……わたしだって、一所懸命看病させてもらったんだから」

「だから、それはそれで、ありがとうございましたと再三お礼を言ったじゃありませんか。おまえのように二言目には、『看病した。看病した』と言われると、そんなに言われるんだったら、看病なんぞしてもらわないほうが良かった……。言いたくはありませんけれど、言いたくなるじゃありませんか？」

「……別に、おん、恩着せがましく言ってる訳じゃないんですが……、お園どん（お園に迫る）」

「何ですよ!?」
「何ですよったって、……実は、わたしはおまえに惚れている」
「まあ、嫌らしいことを言うのねぇ。そんなことを言うと、旦那に言いつけます
よ」
「旦那に言いつける？　そんなこと言わなくたっていいと思うんだが……、お園
どん、おまえに、……頼みが、一生の頼みがある」
「何ですよ!?」
「何にもしない。本当に何にもしない。一遍だけでいいんだ。あたしをおまえの
布団の中に一緒に寝かしてもらいたい」
「そんな馬鹿なことが出来る訳ないじゃありませんか！」
「いや、本当に何にもしない！　……あたしは、おまえと一緒に寝ただけで気が
済むんだから、ね？　頼む。本当に何にもしないから、一遍だけでいいんだ。寝
かせておくれ」
「そんなこと、言われたって……」
　とは言いましたけれども、お園のほうでも看病してもらったという恩がありま
すんで、それに「何にもしない」と言うんですから……。何かしたら、大きな声

に、

を出せば、家の中ですから誰かが飛んで来てくれると思うから、お園は仕方なし

「だったら、新どん、……ちょっとだけですよ」

布団を敷《ひ》いて、お園は着のみ着のまま、ゴロっと横になって、もう掛け布団を目の上までずりあげて……。石になってしまったんじゃないかと思うくらい硬くなっております。その横へ新五郎が入りまして、（寝れば何とかなる）と思ったんですが、何ともなりませんでして……。新五郎がお園のほうへ、そっと近づくとお園がすっすすっと向こうへ避ける。一歩進んで二歩下がるという奴でございます。そのうちに肩のあたりから、スースースースー冷たい風が入って来る。酔いはすっかり冷めてしまう。だれ切りまして、

「お園どん、おまえが『嫌だ。嫌だ』と言ってるのに、無理に布団に入れてもらって、これであたしの心も気が済みました。で、もう、こうなった上は、あたしはここの家は居にくうございますんで、……明日にでもここの家を出ていくつもりです。あたしが居なくなったら、……居なくなったその日をあたしの命日だと思って、お線香の一本でも手向《たむ》けておくれ。……お園どん、……ありがとう」

これは男の殺し文句ですな……。「おまえが言うことを聞かないから、あたし

は死ぬ」と言う。新五郎がスッと布団を出たときに、お園が布団の中から手を伸ばして、新五郎の着物の裾をしっかりと握って、「新どん、おまえさん。それほどまでに、あたしを思ってくれるんなら」と、言うだろうと思った。……何にも言いません。

「すいません。もう一遍出ちゃったんですから、

「すいません。やり直しますから、もう一遍入れてください」

って、訳にはいきません。もう、だれ切って店へ来て、自分の布団へ入ります。

さぁ、明くる日になりましても、出ていくつもりなんざぁはこれっぽっちも無いんですから、お互いに気まずい思いをして、一つ屋根の下で暮らしている。そのうちに十一月の半ばから、蔵の塗替えがはじまりました。あの、昔は蔵の塗替えと云うものは、寒い時分に行ったものだったそうなんでございます。「持ちが良い」とか云いまして……。大勢の職人が早出遅引《はやでおそび》け、早くに出て来て遅くに帰るという、まぁ、それだけ仕事を長くやったということでございますが……。

昼のご飯は職人がめいめい弁当を持ってきますんで、それを使いますが、夜のご飯は、その店《たな》で出したのが決まりになっていたんだそうです。まぁ、う〜ん、寒い時分ですから、おかずもいいときには〝ねぎま〟ですとか、で、普段はイモ

と蒟蒻の煮っ転がし、ヒジキと油揚げの煮たのなんて云うのが、堅気《かたぎ》のお商人《あきんど》の御惣菜だったようでございます。

大勢の職人が台所でわぁわぁ言いながら、ご飯を食べている。お園は、漬物が無くなってしまったので、(出して来よう)と物置へ向かっておりました。蔵の脇を通りますと塗替えをしておりますんで、荒木田《あらきだ》なんて云う土が積んである。横には、藁が山のように積んでございます。で、この脇を通って物置へ行こうと思いますと、後ろから新五郎がつけて来たんですが、目の色が変わっておりまして、

「お園どん!」

「はっ、びっくりした。……新どんじゃないか? おまえ、どうしたの? こんなところまで」

「お園どん、この間は、わたしは、ああは言ったけれど、おまえのことを忘れることが出来ないんだ。一遍だけでいいから、あたしの言うことを聞いておくれ」

「……ダメですよ、……いけません。ダメです。いけません」

実はこの噺で、ここが一番難しいところなんです。この「ダメです」、「いけません」と云うことが、あのぅ、男性が女性を口説いて、まぁ、口説くと云うのは

随分汚い言葉ですが……、誘って、良いときでも、「ダメです」、「いけません」。で、悪いときでも、「ダメです」、「いけません」。どこで、判断をするかと云うことを、今日は男性の方に御伝授申し上げます。よーく、頭の中に入れといて頂きたいと思います。もう少し、前へ出させて……。

「ダメです」、「いけません」……、男性が女性をひょっと誘って、

「ダメよぉん……、ダメ（小声）、ダメなのよぉん……、ダメ（小声）」

もうこれは、（イイですよ）と云う証拠だそうですね。これはもう、当選確実。ひょっと誘って、

「ダメッー！　バカァー」

これはダメです。これは完全に落選です、これは。

じゃあ、何故お園がこのときに大きな声を出さなかったかと云うと、大きな声を出して家の者が来て、この人がここの家に居にくくなったら可哀想だと云う、優しい心があるものですから、小さな声で「ダメです。いけません」。新五郎はそれをいいことに、手を取るとぐいぐいぐいぐい引っ張ってまいりまして、積んである藁の上にお園を押し倒して、自分が上に乗りかかってきた。いやっ、これにはお園も驚いて、思わず大きな声を出そうと思うと、着物の袂《たもと》で口をパッと塞

ぐ。もう下ではますますお園が、暴れる。暴れられるから、上から新五郎が男の力でぐいぐいぐいぐいぐい押さえつけます。そのうちに、暴れていたお園の身体の力がスッと抜けてきた。どうも、様子がおかしい。眼を見ると、もう、眼があがっておりまして、

「……お園どん、……お園どん？」

声をかけましたが反応がございません。新五郎が、ふっと身を起こしますと、お園のほうでも新五郎の襟髪《えりがみ》をしっかり握っていたもんですから、スッと身体が起き上った。何の気なしに、お園の背中に手を回すと、ぬるっとした何やら生温かいものが手に触った。（何だろう？）……透かして見ますとこれが血でございますんで、びっくりして、

「お園どん！」

声をかけましたが、もう息は絶えております。調べてみますと、藁の中に「押し切り」と云う物が置いてありまして、多分ご存じのお客様もいらっしゃると思いますが、昔は農家で使ったものでございますね、あのう、畳屋さんが使う大きな包丁がございます。あの刃をこう上に向けて下に台が付いていている。こう取っ手が付いていていて、つまり壁の中に塗りこむ藁を刻んだり、それから馬に食べさせる

飼葉を作るときに藁を刻む。こう、押して切るために、「押し切り」と云う。これは随分切れる物でございます。

　実はわたくしのおふくろが、千葉の人間でございました。千葉と云っても、ひどい在《ざい》のほうでございましたがね。文化果《は》つるところでございましたけれど。戦中に個人疎開でおふくろの実家に疎開をさせられて、で、おふくろの実家にも、この押し切りが二丁ございました。で、子供心に何だか分かりませんから、悪戯をして随分怒られた憶えがございます。それはもう大変によく切れる物でございます。

　この藁の中に押し切りが置いてあった。で、その上にお園を押し倒して、男の力でぐいぐいぐいぐいぐい押さえつけたものですから、脇腹から背中にかけてザックリと切り込んだ。さあ、こうなりますと生きている訳がございません。もう新五郎はここに居ることが出来ないと、部屋へ戻って誰も居ないのを幸いに、自分がこの店に来たときに預けました大小を取りだして腰に差し、勝手知ったる手文庫より百両の金を持ち出しまして、奥州の仙台へ落ち延びまして……。

　で、これ、どういう訳で仙台へ落ち延びたかと云いますと、自分の剣の師匠だった長坂一斎が仙台公のお抱えになって城中で剣の指南をしている。で、これを聞いていたもんですから、城中に逃げ込みました。もう、ここへ入ってしまえば、追っ手は付きませんので新五郎は昨日までのことはもう忘れようと、唯々一心に剣の道に励み腕は日一日と上がるばかりでございますが、この人の不幸なことはここへ入りまして三年目に剣の師匠の長坂一斎が病気で亡くなります。さっ、こうなりますと朋輩《ほうばい》や何かの風当たりが大層強《つよ》うございまして、僻《ひが》みですとか、あるいは焼き餅で、もう新五郎はここに居にくくなったので、長いこと江戸を空けたからもう帰っても大丈夫だろうと、三年ぶり、二十四のときに江戸へ戻ってまいりまして、まず、浅草の観音様へお参りをいたしまして、（これからどこへいったらいいだろう）と、ジッと考えておりましたが、ふと思い出しましたのが、だいぶ昔、勇治という仲間《ちゅうげん》が自分の屋敷に勤めていた。確か、本所《ほんじょ》の松坂町と云うことを聞いた覚えがあると、人に道を尋ねて松坂町へ、松坂町へと歩を進めております。深編み笠に柄袋《つかぶくろ》をうちました大小を腰に、手甲脚絆に足ごしらえも十分にいたしまして松坂町へと向かっております。途中で何の気なしにフッと向うを見ますと、四、五人の捕り手が御用提灯を掲げてこっちへパァーッと駆けて来る。

「しまった」

もう手が回ったのかと、、自分も暫く駆け出しまして、ちょっと見ますと幅の広い路地があった。この路地に飛び込んで、フッと前を見ると、駄菓子屋が一軒店を開けていたもんですから、ここへ飛び込んで、表の雨戸をピタッと閉めてしまった。さあ、中で店番をしていたおかみさんが驚いた。

「まあ、何ですね、この人は？　いきなり家の中へ飛び込んで来て！　なんですね、おまえさんは？」

「……静かにしておくれ。……決して怪しい者ではない。静かにしておくれ、……驚いたぞ」

「こっちが驚きますよ。いきなり飛び込んで……、まあ、煎餅踏み潰して、柿を蹴散らして、まぁ、どうするんですよ」

「勘弁しておくれ。柿や煎餅の代は儂があとで払うから、いや、儂は田舎から出て来たものだが、今この先で、悪い奴に喧嘩を吹っ掛けられてこの家が開いていたものだから、飛び込んだ。勘弁しておくれ。すまぬがなぁ、駆けて来たので喉が焼け付くようだ。湯でも水でもいいから一杯恵んでもらいたい。手数をかけてすまんな。……では、馳走になるで……。おまえに尋ねるが、この辺りは何と云うところだ？」

「本所の松坂町でございます」

「何、松坂町！　ならば尋ねるが、もうだいぶ昔になるが、小石川辺りの旗本屋敷に仲間奉公《ちゅうげんぼうこう》として働いていた勇治と云う者、年の頃はもう六十の坂を、……二つ三つ超えていると思うが、娘が一人いると云うことを聞いておるが、そういう者がこのあたりに住まいしていると云うことを耳にしたことはないか？」

「……あのう、深見様の若様でいらっしゃいますか？」

「……如何にも、新五郎だが」

「まあ、深見様の若様でいらっしゃいますか？　あたくしは勇治の娘の春と申しますが」

「なっ、おまえが勇治の娘か？　それはまたいいところに飛び込んだ。……勇治は達者か？」

「……父は、……昨年亡くなりましてございます」

「なんと、勇治は死んだか？」

「息を引きとるまで、お屋敷のこと、若様方のことを、気にかけておりまして。お訪ねになったときには、たとえ一日でも二日でも面倒を見るようにと、言いつかってございますので……」

「そうか……、それを聞いてほっと一安心いたした。いや、おまえに頼みがある
というのは、儂もこれからどこぞに奉公せねばならぬが、身元引受人が無ければ
それも叶わぬ。すまぬが儂の身元引受人になってもらいたいが」
「それは、よぉおく分かっておりますので、今、お濯《すす》ぎのお仕度をしますから」
足をすっかり洗って上へあがる。
「いや、着替えは儂のほうで持っておるで、すまぬがな、この大小をそっちへ預
かっておいてもらいたい」
預けられた大小を大きい風呂敷に包《くる》んで、簞笥の一番上の引き出しへ入れて
ピーンと錠をかけてしまう。
「今日は、朝から歩き通しで歩いていたために、すっかりくたびれておまえの家
で助けてもらってほっとしたせいか、疲れがどっと出……、これはなんだ？」
「それは、柿の皮をむくものでございますが」
「おお、大層切れそうだな？　危ないからそっちへしまっておいてもらいたい。
おまえに助けてもらってほっとしたら、急に空腹を覚えた。何か食べる物をゆっ
てもらいたいが……」
「もう、この辺は田舎でございますので、ロクな食べ物がはございませんが、鰻

でございましたら、少しはマシなものがあると思いますが」

「ならば、鰻をゆってもらおう。いやいや、代は儂のほうで払うから、すまぬがな、これを持って鰻を注文してもらいたい。いや釣りが出た時には、柿や煎餅の代として、そっちへとっといてもらいたい」

「ありがとう存じます。それでは遠慮なく頂戴をさせて頂きますんで、行ってまいりますんで、恐れ入りますがちょっとお留守番をお願いをいたします」

このお春と云う娘は、石子伴作《いしこばんさく》と云う与力《よりき》の手先で、間部《まなべ》の金太郎《きんたろう》と云う御用聞《き》きの女房でございます。予《かね》てから亭主と打ち合わせが出来ていて、新五郎が訪ねてきたらば直ぐに番屋のほうに届けるようにと打ち合わせが出来ていたものですから、お春はその足で直ぐに番屋に飛び込んで、亭主にこのことを告げる。

「野郎、来やがったかぁ……、ハッハッ……、しかしなぁ、噂に聞くってぇと、大層な剣客者《てしゃ》だと云うことを聞いているが……、刃物、うん、……簞笥の引き出しに錠をかけて、……そうか！　でかした！」

これからすっかりと打ち合わせをいたしまして、方々に手配りをして、この金太郎が鰻屋の半被を着て、岡持ちを持ちまして、

「え～、お待ちどお様でございました。鰻屋でございますが」

「おお、鰻屋か？　すまんなぁ、そこへ置いといてもらいたいが……」

「恐れ入りますが、ちょいと岡持ちを取って頂きたい。山椒の粉を忘れちまったもんですから……」

言われて何の気も無しに、新五郎は立ち上がって来て、この岡持ちを取ろうと思うと、金五郎はこの腕をがぁーっと引いて、逆に捩《ね》じりますと、

「御用だ！　神妙にしろ！　手前《てめえ》は下総屋でお園を殺して百両の金を盗んだ深見新五郎だろ？」

「違う！　違う！　人違いだ！　人違いだ……」

「人違いだ」と言いましても、もう刀は取り上げられてしまったし、刃物と云う物を身に付けておりませんで、「人違いだ。人違いだ」と言いながら、こう手を伸ばしていきますと、何やらが指先に触れた。（何だろう）と、見ますと。さっき柿の皮をむくものだという小さな鯵切《あじき》り、これが手に触りましたんで、持ち直しますと、

「人違いだぁ！」

これを振りほどいて、この刃物でもって金太郎の額をぱぁーっと斬りつけます。

「ぎゃぁー」

それこそ顔中真っ赤にして、本当の金太郎みたいな顔になって、表へ転がり出る。表の雨戸をピタッと閉めて、これに心張りをかう。裏へ抜けようと思いますと、もう、ここにも手配が出来ておりまして、捕物上手の富蔵《とみぞう》と云う者が、

「御用だ！」

って、かかって来る奴をふっと引いておいて、これで脇腹をえぐる。

「ぎゃぁっ」

と言うと後ずさりをしながら、へっついの角に足をぶつけて裏へ転がり出る。裏の雨戸もピタッと閉めて、これにも心張りをかいまして、座敷へ駆け上がりますと、「フッ」、行灯を吹き消しておいて、この刃物でがしゃがしゃがしゃ、簞笥の錠前を壊して、中に押さえてございました大小を腰に差しまして、二階がありますんで梯子段を駆け上って行きますと、前が小窓でございます。開けてもすぐには向こうへ出ませんでして、長い奴をそっと抜いておいて、この刀を先に窓の向こうへスッと出す。少し、頭を出しますと、もうここにもちゃんと手配が出来ている。

「御用だ！」

かかって来る奴をスッと身を引いて、刀の刃を上に向けますと、下から上へ、バッとあばらを斬り上げます。

「ぎゃぁー！」

ガラガラガラガラ、物干しの桟を壊して下へ転がり落ちる。新五郎が物干しへ出て、ふっと見ますと、棟割《むねわ》り長屋《ながや》には、ざぁーっと物干しが続いております。境々に太い竹でもって、こう、仕切りがしてございます。下を見ますと、もう、「御用」、「御用」で一杯でございます。この物干しの境をぴょいぴょいぴょいぴょい飛び越えて、物干しの一番端までまいりました。ふっと前を見ると、蔵の塗替えをやっているところがある。

足場が組んであって、苫《とま》が下がっている。何を思いましたか、物干しからこの足場に、ポォンと飛び移って、苫の間に入って、こんどはこの足場を横に横にとこう這ってまいります。下ではもう、「御用、御用」の声で一杯でございます。で、こういうときは、十人か二十人ぐらいの捕り手が、もう、五十人にも百人にも見えるそうでございます。……あの、現代でも五人か十人ぐらいの警察官に追《お》っかけられると、五十人にも六十人にも見えるそうですね。……小遊三さんが言ってました。多分間違いないと思うんですけど……。足場の一番端までまいりまして、ひょっと下を見ますと、低い土塀がある。で、土塀の向こうが墓場になっておりまして、墓場の方には人影が見えませんので、これを飛び下りて、あの土塀を越えて向うの墓場に入れば逃げられる。

「うん」

足場から下に積んでございました藁の上に、ポーンと飛び降りる。

「はぁー！」

藁の中に押し切りが置いてございまして、この上に飛び降りたものですから、足をザックリと切り込まれて……。もう、こうなりますと、逃げることが出来ませんで、新五郎、ここでお召《め》し捕《と》りと云うことになります。お調べの後《のち》に小塚《こづか》っ原《ぱら》で、処刑をされます。何年か後《のち》に処刑をされた新五郎と幼い頃に別れた新吉が逢う『勘蔵の死』と云う噺につながってまいります。第二話の深見新五郎でございました。

真景累ヶ淵　豊志賀の死

口演年月日
平成二十二年　七月十九日　圓朝祭　他

三遊亭圓朝師匠の御作《おさく》でございます『真景累ヶ淵』の第三話でございますが、根津の七軒町に富本の師匠で豊志賀と云う女《ひと》、歳は三十九になりますけれども、男嫌いで通っている極堅いお師匠《つしょ》さんでございます。「ああ云う堅いお師匠さんだったら、娘を安心してお稽古に通わすことが出来る」からと、遥々と遠くのほうから稽古に通ってくる娘さんも沢山おりまして……。

男嫌い、じゃあ、男の弟子はとらないかと思いましたら、決してそんなことはございませんで……。で、男嫌いと言われたほうが、男のお弟子が増えるんだそうですね。こらぁ、不思議なもんでございます。どういう訳かと思いましたら、「男嫌《ぎれ》ぇったってよ……、所詮《しょせん》女じゃねぇかねぇ。他の野郎《もん》じゃダメかぁ知れねぇけれども、俺だったらことによって……」

なんてんでね。男と云うものは自惚《うぬぼ》れがございますんで……。

もう、ですから、昼間は娘さんたちのお稽古をして、夜になりますと男衆《おとこし》の稽古をして、もうこれ以上弟子の増やしようはないというくらい大繁盛をいたしております。

で、そこへ煙草を商う新吉と云う若者《もの》が出入りをしておりまして……。で、この新吉と云う人間は、小僧時分《こぞうじぶん》は増田と云う貸本屋に奉公していたんですが、ここが潰れてしまって、で、二親がいないものですから下谷大門町《したやだいもんちょう》に勘蔵と云う伯父さんが居る。まあ、新吉は勘蔵を、「伯父さん、伯父さん」つまり甥っ子でございます。ここへ身を寄せまして、

「良《い》い若え者《わけ》がブラブラブラブラ遊んでいるんじゃねぇ」

と言うので、それからは煙草を商うようになりまして、ご案内の通り昔の煙草でございますから、刻み煙草。五匁《ごもんめ》、十匁《じゅうもんめ》と秤《はかり》にかけて、柔らかい藁でこれを結《ゆ》わいて、箱の中にいろいろと入れてこれを背中にしょって、こういう稽古場ですとか、人の出入りの多いところに出入りをいたしております。別に新吉は稽古をする訳じゃないんですけど、若い者は大勢居るし、たまには、

「おう、煙草が無くなっちまったんで、その五匁玉《だま》一つおくれよ」

商いにもなりますので……。

で、この新吉と云う人間、歳は二十一でございますが、大変に気の利いた人間でして、たまのおさらいのときには、早く出てまいりまして、座布団を敷いたり、あるいはお茶を汲んだり、蠟燭の芯を切ったり、雨の降る日は小さい子供さんを背中に負《お》ぶって稽古の行き帰りを、まあ、送り迎えをしてやるというので、

もう、皆から、「新さん、新さん、新さん」と言われて親しまれております。あるとき、師匠のところの女中が病になってしまった為に、親元に帰してしまって、女中が居なくなりまして、

「何だろう、師匠ぉぅ、女中が居ねえぇんじゃぁ、不自由じゃねぇのかぁ？」

「そうなんですよ。いろいろと後は手を打っているんですけれども、なかなか上手く行かなくて困っちまっているんですよ」

「う〜ん、じゃぁ、どうだい？　新吉を暫く使ってみたら？　あれだったら、気心が知れてるから良いと思うんだが？」

「フフッ、そりゃぁ、あたしは構わないんですけれども、皆さんさえよろしかったら」

「ああ、いいとも、……じゃあ、俺が話をしてみるから」

稽古に来ている古株が皆に話をして、承諾をとりまして、これを新吉に言いますと、新吉は大喜び、（伯父さんのところに居て、しょっちゅう小言を食ってるよりも、師匠のところに居れば、若い者も大勢いるし話し相手も、……三味線の音色は聞こえる）新吉もこれを承知いたしまして……。

堅い女《ひと》ですから、夜は豊志賀が下へ寝ます。で、新吉は中二階のようなものが

あるもんですから、ここへ寝ておりますす。ちょうど十一月の二十日の夜でございます。

　朝からポツポツポツポツポツ降っていた雨が暮れ方になりますと風をまじえてビャァーッと云うえらい吹き降りになって来まして、

「……新さん、新さん」

「……はい」

「おまえ、寝られないのかい？　さっきからミシミシミシミシミシ寝返りばかりうっているようだけども、寝られないのかい？」

「ううむ。師匠の前ですけれども、あっしは寝付きの良いほうで頭が枕に付く途端に寝ちまうんですが、何ですか今日は寝られなくて弱っているんですよ」

「そうかい、いいえね、あたしも寝られなくて困っているんだよ。……また、よく降る雨じゃないか？　この雨は」

「ええ、よく降る雨ですな、この雨は」

「何となく陰気な晩だねぇ？」

「……何となく陰気な晩ですなぁ」

「気が滅入るね」

「気が滅入りますんで」

「何だ、おまえ、さっきから、あたしの真似ばかりしてるじゃないか？　……寂しいからさ、下へ降りて来てお休みよ」

「えっ？」

言われて新吉は布団と枕を小脇に抱えて、幅の狭い梯子段を危なっかしい腰つきで下へ降りて来る。

「おまえ、何かい？　その布団一枚で寝てるのかい？　寒かぁないかい？」

「ええ、布団は一枚でも柏餅《かしわもち》で寝ますから寒くないんすよ。ただ、柏餅ってのは寝るときがちょっと難しゅうございましてね。あの辺へ枕を置いといて、こっちから布団の端をぐっと握ってぐるぐるぐるぐるっと回っていくとちょうどあの辺へ頭が着くんですよ。しっかり巻いてますから、肩のところから風が入って来ないから、温かい、ええ。ただ、柏餅って云うのは、寝相が悪いと餡がはみ出ることがありますんで」

「ハハハ、それじゃ、おまえ大変じゃないか？　じゃあね、その布団をあたしの布団の裾のほうにかけて、さぁ、ここへ入って一緒にお休みよ」

「えっ？　いえ」

「あたしの布団に入って、一緒にお休みなさいよ」

「そらぁー、そらぁ、止《よ》しましょう」

「なんだい？　その、止しましょうと云うのは」

「んぁ、お師匠《つしょ》さんの布団に一緒に入るのは、お師匠さんの後ろからこう後光がさして」

「何を言ってんですよ。いいから、入ってお休みよ」

「もう、そらぁ、不味いですよ。何故ってぇ、明日の朝、うっかり、寝坊をしちゃって朝の早いお弟子さんがお稽古に来て見つかっちゃって、『嫌《や》だわ、新さんたら、お師匠さんの布団に一緒に寝ていて、嫌《や》な人』かなんか言われると……」

「何を言ってんですよ。あたしとおまえとは、親子ほども歳が違うんだから、誰もそんなことを思いやしませんよ。さっ、いいからお寝」

　言われて新吉は、嬉しいような怖いような、……臆病者が河豚《ふぐ》を食べるような気持ちで、師匠の布団へ入ったんですが、……これはただで済む訳がありません。まっ、しばらく経ちますと布団の中で、足が触り、手が触り、そのうちに、アーダァーコォウダァーハァイダァ〜ホゥハァイ……、今のはスワヒリ語ですから、二人が妙な仲になりました。

それまでは新吉のほうがまぁまぁ、奉公人でございますからね。朝も早く起きて、ご飯を炊く、まぁ、ご飯を炊くと云ったって、今のように、スイッチを入れておけばご飯がひとりでに炊けるなんてそんな重宝なもんじゃございません。薪《まき》でございますんで……。で、ご飯が炊きあがりますと、焚《た》き落《お》としと云うものを煙草盆の中に二つ三つ取りまして……、焚き落とし、これはまぁ、炭の小さな塊のようなものでございます。

取った煙草盆を寝ている師匠の枕元にスッと出す。しばらく経って豊志賀が布団の中で目を覚まして腹ばいになりながら煙草を二、三服喫《の》んで、ポーンと吹殻《ふきがら》を叩《はた》いて、布団から出て便所《はばかり》に入る。

新吉はこの間に、師匠の布団をたたんで片づける。便所から出て来た師匠は、台所でもって顔を洗う。顔を洗い終わりますと、仏壇ですとか、あるいは神棚にお灯りを上げて一所懸命拝む。この間に新吉は朝のご飯のお膳の仕度をいたしまして、師匠が座るとお膳を前にスッと出す。朝ご飯を食べ始める頃には、早いお弟子さんが二、三人来て待ってる。ご飯を食べ終わりますとお膳を向こうにスッと片づけて、師匠は稽古にかかる。と、新吉はこれを片づけて、自分も台所でご飯を食べて、煙草の入った箱を背負って商いに出かけると云うのが、日課だったんでございますが……。

その日を境にどういう訳ですか、新吉のほうが何時までも寝てる。で、師匠のほうが早く起きまして、

「新さん、ご飯の仕度が出来たから目を覚ましておくれ。で、今、あたしが美味しい御御御付《おみおつ》けを拵《こしら》えているから、それからね、さっ、煙草を一服喫んで、目を覚ましておくれ……、新さん」

「ど、どうも、すいません」

「何よ、この人は、すいませんだなんて、他人行儀なことを言っていて、さっ、煙草を一服喫んで、お目眼《めめ》を覚ますんですよ」

「あーあ」

なんてなもんでね。師匠にしてみれば、もう、新吉が可愛くて可愛くて仕方がない。（この着物を縫い直したら新吉の褞袍《どてら》に似合うかしら。この羽織を縫い直したら新吉の半纏に合うかしら）と、自分の物を無闇《むやみ》やたらに縫い直して新吉に着せます。

う～ん、今も申しました通り奉公人だったんですが、それからと云うものは新

吉が長火鉢の上座《むこう》へ座って、で、師匠が横で御取膳《おとりぜん》でもってご飯を食べている。

さあぁ、これを見た男のお弟子が怒ったのなんだのって、

「行ったかい？」

「どこへ？」

「師匠のとこへ」

「行ったぁ！」

「見たかい？」

「見、見たぁ！　新吉の野郎がよ、師匠の着物を直した褞袍着やがって、長火鉢の向こうへ座っていて、俺が入《へぇ》って行ったら、

『おや、いらっしゃい』

って、言ってやんの」

「それもいいけれどもよ。腹が立つのは甘納豆を食らってやんだよ」

「甘納豆なんぞ、食ったっていいじゃねぇか？」

「食い方が気に入らねえってぇんだよ。新吉の奴がな、蓋物《ふたもの》から、甘納豆を一つずつ取っちゃこうやって、もそもそもそ食らってやんの。で、師匠が稽古があがると、その前へ座って、一緒になって甘納豆を食らってんの。そのうちに新

吉が、甘納豆を一つ取るってぇと、師匠にポーンとぶつけるの。と、師匠がね、
『あら』
ってなことを言ってよ、師匠も甘納豆を一つ取ると新吉にポーンとぶつける
の、で、お互いに落っこった奴をさぁ、お互いの口の中に放り込んで、もそもそ
食いながらニヤッと笑うんだ。腹が立って、腹が立ってよ。それもいいけれども
だよ。その甘納豆をだよ、俺に『食え』と云うことを一言も言わないんだよ。
俺《おら》ぁ、甘納豆なんぞ食いたかねえよ。食いたかねえけれども、傍に居るんだから
『あなたもひとつおつまみなさい』
って言うのも、人情だと思うよ。俺ぁ、甘納豆なんぞ食いたかねえよ。食いた
かねえけれども、傍に居るんだから言って当たり前《めえ》じゃないか、なぁ？……
俺ぁ、甘納豆なんぞ食いたかねえよ。俺ぁ、食いたくねぇ」
「食いたくなきゃ、それでいいじゃねぇか？　俺は、もう、あんなとこ、行か
ねぇ！　おまえも行くなよ。俺、『行く』って言うとな、もう付き合わねぇから
な」
　この噂がどんどんどんどん広がってまいりまして、
「そうなんだ」

「そうですねぇ～、いいえ、あんな堅いお師匠さんがあんな若い人と……、いいえ、ウチではそういう不行跡な人のところにお稽古に娘を通わせておくことが出来ませんので、もう、下げるんでございます」

「左様でございますか？　いいえ、実はウチでも話しをいたしまして、下げようと思っておりますんで……」

弟子は、どんどんどんどん辞めていく。そんな中でも、唯一人、毎日のように通ってくるお弟子さんがいました。根津の総門前《そうもんまえ》に、下総屋《しもうさ》と云う小間物屋がございまして、ここの一人娘でお久《ひさ》、歳が十八、ぽちゃぽちゃっとしていて、なかなか可愛い子でございます。ニコッと笑うと、ここへ笑窪《えくぼ》がポコッと引っ込む。もっとも、笑窪ってのは、大概、頬《ここ》へ出ますな。あんまり笑窪が額《ここ》へ出たって話は聞いたことがございませんがね。

稽古に来て、新吉の顔を見ると、ニコッと笑う。……新吉だって、可愛い子に顔を見られて笑われて悪い気はいたしませんから、新吉のほうもお久の顔を見てニコッと笑う。たまには一言か二言か、言葉を交わしておいて、お互いにニコッ、ニコッと笑う。

さっ、これを見た豊志賀の腹の中が、煮えくり返るばかりでございます。邪推と云うんでしょうか？　あるいは焼き餅と云うんでしょうか？　歳の差でございますが、自分はもう三十九、やがて四十。で、お久の歳が十八、お久に新吉をとられるんじゃないかと、これが邪推でございます。で、まさか表立ってこんなことを言うことが出来ませんので、稽古のときに大変に辛くお久にあたりまして、「いいえ、そこは違います……。あたしはそんな教え方はしてません。いえ、違うと云うのに、チッ、もう、何遍言っても分かんない子だね、この子は。ええい、じれったい！」

腿あたりをグッと抓《つね》ったりなにかする。お久は何を言われようが、何をされようが、唯、「はい。はい」と言って、言うことを聞いている。お久にしてみれば、厳しく言われればそれだけ自分の芸が上がると思いますので、抓られようが何をされようが、「はい。はい」と言って言うことを聞く。

一つにはこれにも訳がございまして、このお久の母親と云うのが継母《ままはは》でございます。で、家に居ても抓られたり、ぶたれたり……、で、考えてみるとお師匠さんのほうが抓り方の数が少ないんですな。だから、算盤勘定で行きますと家よりもこっちのほうが数が少ないと云うので、毎日のように稽古に通ってくる。（こう言えば、もう来なくなるかしら……。こういう風にやれば稽古に来なくなるかしら）と、豊志賀はお久にますます辛くあたるのですが、委細構わず稽古に通ってくる。もう、腹の中は煮えくり返るばかりでございます。

それが元かどうかは分かりませんが、豊志賀の右の目の下に、ポツッと出来ました吹き出物が、爪で引っ掻いて咎《とが》めたとみえて、あっと言う間に右の顔の半面が、こおぉぅ、赤黒く紫がかって腫れ上がる。まるで芝居で観る「累《かさね》」か、「お岩様」のような顔になった。そのうちにこっから血膿《ちうみ》が出て来て、もう痛んで、痛んで、どうにもしょうがない。まあ、昔のことでございますんで、薬と云ったって煎じ薬……。付ける薬ったって、ロクなモノは無かったようですがね。今でしたらば、こんなものは、もう医学が進歩をしてますから、あっと言う間に治ると思うんですが、昔のことで、いくらやっても治りません。もう、痛んで、痛んで、しまいにはあまりの痛さに食べるものも喉を通らなくなって、水がやっと言う状態になって、痩せ衰えます。

まあ、新吉は、豊志賀がこうなっても世話になったと思えばこそ、一所懸命看病をいたしまして、

「師匠、起きておくれ。お薬を煎じたから、これを飲んでね。飲み終わったら、二番を煎じてあげるから。師匠、寝てるのかい？　起きとくれ、師匠」

「あいよ……、あいよ、今、起きるよ」

布団の上に起き上がるのがやっとと云う状態。小紋縮緬《こもんちりめん》の寝巻と云いますと、聞こえはよろしゅうございますが、普段着を寝巻に下ろしたものですから、もう、あちらこちらが薄汚れている。袖のところからは、何かボロボロボロボロお飾りが下がっていると云う。胸のところで扱《しご》きをグッと締めているんですが、もう、痩せておりますんで、くびれていて、まるで瓢簞《ひょうたん》みたいな形になっている。

「おまえのようなきれいな人に、看病してもらってすまないね」

「何を言ってんだ。さあ、お薬を飲んでおくれ。飲み終わったら、二番を煎じるから」

「薬を飲んでも、無駄だから、要らないよ」

「病人がそんなことを言ってたんじゃ、しょうがないじゃないか、え。いや、薬を飲まなきゃね、治る病気も治らなくなっちまうから、ええ？　飲んでおくれよ」

「……幾ら、幾ら薬を飲んでも、この病気は治りゃしないよ」

「んなことはないよ。飲まなきゃ、腫れはひかないよ。昨日よりも、幾らか腫れはひいてるじゃないか？」

「……フ、おまえはそういう嘘をつくから嫌いだよ……。日に何遍となく鏡を見てる。あたしが一番よく知っているよ」

「そんなことないよ。腫れだってひいてるよ。飲まなきゃダメだよ」

「……たとえ、腫れはひいても、あとひっつりみたいな痕《あと》になるから、嫌だ嫌だ。あたしゃぁ、早く死にたいよ」

「またはじまったね。おまえは二言目には、『死にたい。死にたい』って言うけれども、看病しているあたしの身にもなっておくれよ。なんだってそんなに、『死にたい。死にたい』って言うんだい？」

「……あたしが死ねば、……おまえたち二人が、喜ぶだろうと思ってね」

「何だい、二人が喜ぶと云うのは？」

「……おまえと、お久さんだよ」

「また、はじまったねぇ。おまえはあたしとお久さんが何かあるようなことを言うけれども、何にもありゃしないんだよ。何かあるって云うんなら、何があるんだか言っておくれよ。えっ？　何があるって云うんだい？」

「……そらぁ、今は何もないよ。どうにかなりたくても、あたしが居るからなれないんだよ。……だから、あたしが死ねば、おまえたち二人が喜ぶだろうと思ってね」

「どうして、そういうことを言うんだろうなぁ！　そんなことを考えるから、病気がね何時までも治らないんだから、ええっ？　いや、おまえは二言目には、あたしとお久さんが何かあった様なことをそうやって言うけれども、何にも無いって言っ……、いやまた、そういう分かんないことを言う。そりゃねぇ、こないだだってそうだよ。礼を言ったのは、モノを持って見舞いに来てくれたからこそ、礼を言ったんじゃないか、そうだろぅ？　見舞いに来てくれた者を、木で鼻を括《くく》る様なことを言えやしないじゃ……、い、いや、そうじゃないって云うのに、分からないな、おまえはどうしてそう分か……、え、だったら、だったらぁ、『あぁだ、こうだ』ってあたしに言ってごらんよ。何にもありゃぁしな……、いえ、……そう、な、いや、いや、……そういうことを言ってるのが病気に悪い。どうしてそう分かんなくなっちゃったんだろうな、おまえは、本当に……。

(家の外に) はい？　……はい、あっ、お久さんじゃありませんか？」

「新吉さん、お師匠さんの具合は、如何でございますか？」

「ありがとうございます」

「あの、お母《つか》さんがお見舞いに伺わなくてはならないんですが、ご存じの通りお店を開けているものですから、出ることが出来ませんで、『お師匠さんによろしく言ってくれ』という言付《ことづ》けでございます」

「ありがとうございます」

「それから、お師匠さんが好きだと伺ったものですから、拵えてまいりました。どうぞ、師匠にこれを差し上げて」

「えっ？　ああ、きれいな袱紗《ふくさ》ですね。何が入って……、ああ、随分結構な蓋物じゃありませんか、ええ？　何が入っ……、炒《い》り卵じゃありませんか？　こらぁまぁ、随分美味しそうに、ありがとうございます。

……師匠、お久さんがお見舞いの炒り卵を持って来てくれたよ。礼を言いな、師匠」

「……お久さんかい？　お久さんかい？」

「お師匠さん、お加減は如何でございますか？」

「ありがとうよ……、追い追い悪いほうへ向いてるよ」

「それは、いけないことでございます」

「……お久さん、もう少し前へ出なよ。もう少し、前へお出よ。……あたしと、おまえとは何なんだい？　……弟子師匠じゃないか？　何故、師匠が患って寝ているというのに、見舞いにも来ないいんだい？」

「師匠、何てことを言うんだよ。お久さんはしょっちゅう見舞いに来てくれているじゃないか！　他の弟子は誰一人来《き》りゃあしない。お久さんだけが来てくれてるんじゃないか？」

「新吉《おまえ》は黙ってなよ。……おまえは黙ってなよ。……そらぁ、来ることは来るよ。なぁに、あたしの見舞いに来るんじゃない。おまえの顔が見たいから、来るんだよ」

「あのぅ、久《あたし》がここに居ると、ご病気に差《さ》し支《つか》えますから、どうぞ、お大事に。失礼いたします」

「あっ、お久さん！　この袱紗……。チッ、……師匠、何てことを言うんだよ。お久さん真っ赤な顔をして、外へ飛び出しちゃったじゃないか？」

「……顔が見たいのかい？　だったら、外へ行ってごらん。まだ、おまえが来るのを、……その辺で立って待っているよ」

「どうして、そんなことばっかり言うんだろうな。だから病気が良くならないいんだ。いいから、寝ておくれ。ね、頼むから寝ておくれ」

無理に師匠を寝かしてしまう。いい塩梅《あんばい》に様子をうかがいますと、すやすやすやすや寝息をたてはじめましたので、自分もお腹が空いているからこの間に、ご飯を食べてしまおうと台所に出てまいりまして、ご飯の仕度をしていますと、布団から抜け出た豊志賀が、……板の間を、こう、這いずってまいりまして、……新吉の着物の袂を摑むと、

「……新さん」

「ああ！ びっくりしたぁ！ あああ、びっくりした。お、おまえ、何だいそんな布団から抜け出て、板の間で冷えるじゃないか」

「おまえ、あたしがこんな顔になって、さぞ、嫌《や》だろうねぇ」

夜、豊志賀が寝付いたから、自分も今のうちに身体を少し休めておこうと布団へ入って寝ますと、寝ていたと思った豊志賀が布団から抜け出てまいりまして、新吉の布団の上にこう、覆《おお》い被《かぶ》さるようにして、胸倉をとって、

「……新さん、……新さぁん」

眼を開けてフッと上を見ますと、薄暗い行灯の灯りで、陰惨《こう》なった豊志賀が新吉の顔をじっと見て、

「おまえ、あたしの顔がこんなになって、さぞ、嫌《や》だろうねぇ？」

もう怖くて怖くて、どうにも仕方がない。自分一人では考えがつかないので、

伯父の勘蔵に相談をしようと、明くる日、いい塩梅に豊志賀が宵のうちに寝てくれましたので、音のしないようにそっと家を抜け出して、下谷大門町へ足を進めておりますと、途中でばったりとお久に逢って、

「お久さんじゃありませんか？」

「新吉さん」

「あの……、こんな時にどちらへ？」

「あの、……日野屋さんにお買い物に」

「はあ、そうですか。……この間は、どうもすいませんでした。師匠があんなことを言うものですから、ロクにお礼も言えないで申し訳ないと思っております」

「どうぞ、お気になさらないでください。あたくしは何とも思っておりませんので」

「すいませんでした。いえ、二言目には、あたしとお久さんが何か関わり合いがあるんじゃないかって云うようなことを師匠が言うもんですから、……あたしも、……そんなことが、お久さんのお母《つか》さんの耳にでも入れば、お久さんが嫌な気分になると思って、申し訳ないと思ってます」

「あたしは、何とも思っておりません。でも、あたしはそういうことを言われた

ほうが、……嬉しいと思ってます」

「ああ、……実は、夜となく昼となく師匠が、『こんな顔になった。こんな顔になった』って、あたしの顔を覗き込んで、もう、嫌で嫌でしょうがないんですよ。もう、いっそのこと暫くの間は、下総のほうにでも身を隠しちゃおうかと思っている」

「……あの、新さんも下総の出でいらっしゃいますか？」

「いいえ、そうじゃないんです。遠い親戚が下総のほうにあると云うことを伯父から聞いていまして。あたしは場所も何も全然分からないんですが、伯父さんが知っているものですから、伯父に聞いてそっちのほうへ暫く行ってしまおうかと思ってる」

「実は家も下総の出でございますが……」

「お久さんのところも下総、（手を打つ）それでお店の名前が、『羽生屋《はにゅうや》』さんと仰るのですか？」

「羽生村と云うところに伯父さんが居りまして、名前を三蔵と云う人です。質屋をやっていて、あたしのことを昔から可愛がってくれた伯父さんでした。……新さんもご存じの通り、あたしはお母《つか》さんが継母《ままはは》で、しょっちゅう辛くあたられます。こんな愚図のあたしでも、たまには腹の立つことがあります。もう、嫌で、そのことを羽生村の伯父さんのところに手紙で知らせましたら、伯父さんから手紙を頂いて『おまえがそんな嫌な思いをしているんだったら、羽生村《こっち》へ来てしまえ。おまえの面倒は俺が見るから』と言われているんですけれども、女が一人で下総の羽生村なんて、あんな遠いところまで行くことが出来ずに（どうしようか）と、しょっちゅう胸の中で思っているんでございます」

「ああ、そうですか。あたしも師匠がもう、『こんな顔になった。こんな顔になった』って、もう嫌で嫌で、ご飯を食べることも出来ませんで、お腹が空いて、お腹が……。

お久さん、あそこにお寿司屋さんがあります。お腹が空いてますんで、二つ三つ、摘まむだけですが、すいませんが付き合ってくれませんか？」

「でも、あたしの様な者とご一緒ではご迷惑では……」

「とんでもございません。もう、本当に二つ三つ摘まむだけですから、一緒に摘まみましょう」

『蓮見鮨』という寿司屋があったものですから、そこへ入りますと女連れと見えて店員《むこう》が気を利かせまして、

「いらっしゃい！　(はぁ、二階《にけぇ》がいいだろう) どうぞ、お二階へお上がんなさい。いいえ、構いません。空いてますから」

二階へ上げられる。

「どうも、いらっしゃいまし。あのぅ、出来ますものが握り (鮨) とちらし (鮨) ぐらいなんでございますが、今ちょっとご飯を冷ましておりますので、お手間をとらせるかもしれませんが、その間に御酒《ごしゅ》などをお持ちして……、えっ、御酒は召し上がらない。左様でございますか、それでは今、御茶《あがり》を持ってまいりますんで、で、握りを？　お任せ頂ける。承知をいたしました。何か嫌いなものがございますか？　ホタテがダメ？　ああ、左様でございますか。じゃあ、ホタテを抜きで握らせて頂きますんで、お吸い物は？　お任せくださる？　ありがとう存じます。

……それから、この部屋は、中から掛け金がかかるようになっておりますので、どうぞ、ごゆっくりお過ごしくださいまし。御用がございましたら、手を叩いて頂きますと、直ぐに伺いますので、ごゆっくり」

「……へへっ、お久さんと一緒のもんですから、気を利かせて、……この部屋は、掛け金がかかるなんて……。……お久さん、どちらへ？」

「日野屋さんにお買い物に」

「そうでしたね、……さっきも言う通り、嫌で嫌でしょうがないんですが……」

「あたしも、さっきも言う通り、誰か送ってくれる人があれば羽生村まで行きたいと思っているんです」

「……お久さん、あたしで良かったらお送りしましょうか?!」

「新さんがですか?」

「諄《くど》いようですが、もう師匠のところに居るのが怖くて怖くて嫌で嫌でしょうがないんですよ。……だから、いっそのことお久さんを、お久さんさえ良かったら、今すぐこっからでも、その羽生村へお送りしますが……」

「……でも、今、新さんが居なくなってしまうと、お師匠さんを見捨てることになりますが……」

「見捨てたって、構やしませんよ」

「でも、新さんが居なくなると、お師匠さんの面倒を看る人が居なくなりますが……」

「……誰かが、誰かが面倒を看ますよ」

「今、新さんに見放されると、お師匠さんは野垂れ死にをしなくてはならないと思いますが……」

「野垂れ死にしたって、……構やしませんよ！」

「それでは新さんは、本当にお師匠さんを見捨てるおつもりですか？」

「こうなったら、見捨てます！」

「（低い声で）……新吉さん、おまえさんは不人情な人だね」

と襟髪《えりがみ》を摑みこんで妙なことを言うと、新吉がフッとお久の顔を見ます。右の目の下にポツッと出来ました吹き出物が、あっと言う間に半面に広がって赤黒く紫がかって……、こっから血膿《ちうみ》が出ている。もう、豊志賀の顔そのままになりましたんで、

「うわぁぁぁぁ」

っと、これを突き飛ばして、寿司屋の梯子段を駆け下りたのか滑り落ちたのか分かりません。下谷大門町の勘蔵のところへ飛んでやってまいりまして、

「伯父さーん！」

「馬鹿野郎、新吉じゃねぇか。大きな声を出すんだよ。ご近所の衆がびっくりするじゃねぇか」

「南無阿弥陀仏、南無阿弥陀仏……、南無阿弥陀仏、南無阿弥陀仏、南無阿弥陀

仏」

「何だ？　この野郎、賽銭もあげねぇで人を拝んでやがって。上がれ、こっちへ……。こっちへ、上がれって言ってんだよ。ここへ座れ。新吉、おまえそれで良いと思っているのか？　ええ、大病人を放《ほ》ったらかして、ウロウロウロウロほっつき歩いて、それで良いと思ってんのか？　お前《めえ》は？　師匠が言っていたよ。

『あたしの心得違いで、新吉さんとああいうことになって、新吉さんに嫌な思いをさせて何とも申し訳ないと思っています。でも、あたしはこの病気が治るまで新吉さんに面倒を看てもらいたい。病気が治って稽古を始めれば、今までのようにはいかないだろうが、……お弟子の半分も戻って来る。そうなったら、今度は……、新さんとは兄弟としての付き合いになって、新吉さんが本当に好きな人が出来たときには所帯を持たせてやる。また、その所帯が苦しいと云うのなら、こっちから、たとえ一両でも二両でも面倒をみる。あたしの為に、新吉さんに苦しい思い悲しい思いをさせて済まない。これを伯父さんからも、よおく詫びを言っておいてもらいたい。あたしはどうしても、新吉さんに面倒を看てもらい、死に水をとってもらいたい』

と、師匠が俺の膝に縋《すが》って、泣くじゃねぇか。ええ？　新吉ぃ、お前《めえ》なぁ、嫌《や》だろ。嫌だろう。分かる。分かるがなぁ、おまえが羽織の一枚もひっかけて新さんとか、新吉さんとか言われるようになったのは、みんな師匠のおかげだ。なあ？　今、師匠を粗末にすると、バチが当たる。また世間の物笑いにおまえがなる。ええ？　済まなかったと、師匠のところへ行って詫びて来い」

「……へえ」

「師匠が来ているから……。師匠は向こうの三畳（間）に居るから、あそこへ行って詫びて来い……、ほら、……行きな」

「……あ、あ、あ、あんな、あんな大病人が、ここへ来られる訳がない」

「来られる訳がねぇって来てるんだい。

師匠、新吉が来ましたんでね。よぉく、言っておきました、ええ。お腹も立ちましょうが、勘弁してやってください。

いいから、行って詫びて来い！」

勘蔵に言われて新吉が、……怖々と三畳の障子を開けますと、豊志賀が何時もの寝巻を着て布団の上に座って、こう、片膝を立てて……、両手を重ねて、こう、前のめりに座っている。

「師匠……、おまえ、よくその病身《からだ》で……、こ、ここまで来られたね？」

「ここまで来られたじゃないよ。目を覚ましたら、おまえが居ないので、多分ここへ来ているんじゃないかと、お隣に頼んで駕籠に乗せてもらい、ここまで連れて来てもらったんだよ。……新さん、……勘弁しておくれ。あたしが悪かった。おまえに辛くあたったわたしが悪かった。勘弁しておくれ。ただ、あたしはこの病気が治るまで、おまえに面倒を看てもらいたいんだ。ねえ、新さん？ 今までのことは、勘弁しておくれ」

「そらぁ、あたしだっておまえの面倒を看るのが嫌だって言っている訳じゃない。おまえギャーギャーギャーギャーギャー焼き餅ばかり焼くから、そう……」

「馬鹿野郎！ 何てことを言うんだ病人に向かって、大きな声を出しやがって……。

師匠、すいませんねぇ、まだ子供離れしていないんで、勘弁してやってください。あたしからもまた、よーく言って聞かせますんで。それからね、三人で今後のことを話し合いましょう。うん、明日のね、昼過ぎにはあたしが行けると思うからね、三人で話し合って今後のことを決めよう。それから、師匠ね。今ね、あんぽつを呼んだから、もう来る頃だろうからちょっと待っててておくれ」

あんぽつと云うのは、これは駕籠でございます。普通の四つ手駕籠は両方に垂れが下がっている。ところがこのあんぽつと云うのは、引き戸になってまして、医者ですとか、あるいはちょっと身体の具合の悪い方が利用した駕籠。四つ手駕籠よりも、値段は幾らか高かったようでございますが……、

「今、あんぽつを呼んだからね。もうそろそろ来る頃だろうから、ちょいと待っ……。

ああ、駕籠屋さんかい？　早かったね、いやいや、すまない。いや、あたしゃ言い忘れちゃったけれどもね、実はちょっと身体の具合の悪い人を乗せたいんだ。そこね、表だと煙草の箱が積んであって足元が危ないからね、裏のほうへ回っておくれでないかい？　いや、すぐに分かるよ。一旦出て、右に曲がって行くと井戸に突き当たるから、そこをまた右へ入っておくれ。うん、角から三軒目がここの家の裏になるからね。すまないね、頼んだよ。……駕籠屋さん分かったかい？　ちょいと待っててておくれ。

師匠、駕籠が来た。あんぽつが来たからね、新吉に送らせるから。あまり苦悩《きなきな》しなさんな。な？　身体に障るから。

おい、新吉、あのままじゃなぁ、尻《けつ》が痛くてしょうがねえから、そこに大きな座布団があるだろう？　それを駕籠の中へ、ちょいと敷《ひ》いて。……敷《ひ》いたかい？

よしよしよし、だったらね、おまえ、師匠のそっちの手ぇ持ってくれ。俺ぁ、こっちを持つから」

二人でもって師匠を抱えるようにして駕籠へ乗せ、

「師匠、あんまり苦悩《きなきな》しなさんな、な？　あたしが明日行って、よぉく話し合いましょう。じゃあな、気をつけて。ええ、……えぇえぇ、もう、分かってますんで、はい。御免なさいよ」

ピシッ、駕籠の引き戸を閉めた途端に、来客が、

「今晩は。……今晩は。あのぅ、勘蔵さんのお宅はこちらでございますか？」

「ええ、ええ。勘蔵は手前でございますが……、お煙草でございますか？」

「いえ、あのう、新吉さんはこっちへお見えになってますか？」

「ええ、ええ、ええ、おい、新吉。お前《めえ》に用がある方が見えたが……」

「……おう、金さんに、六さん……、お長屋の衆が皆さんで、どうなすったんです？」

「はあ、おいっ！　ここに居たよ。俺の言った通りだ。ここに居た。

新吉、もうさっきから皆でおまえを捜して歩いているんだよ。手分けをして他にも行った。俺ぁ多分ここじゃねぇかと思って訪ねて来た、良かった良かった。

ああ、もう、駆けて来たから熱くてしょうがない。……すぐにね、家へ帰っておくれ。師匠が大変なことになっちまった」

「……え？」

「師匠が死んじまったんだよ」

「フハハ、そんな、そんな冗談言っちゃぁいけない」

「何だよその『冗談言っちゃぁいけない』ってのは？　そらぁ、こっちで言うセリフだよ。こんなことを冗談でだよ、七軒町からこの大門町まで言いに来る訳がない。暮れ方だったよ。ウチの女房《かかぁ》が前を通るってぇ云うと、灯りが点いていないんで（どうしたんだろう？）、提灯を点けて中へ入ってみたら、家には誰も居ない。台所のほうへ回ってみると、師匠が、お前《めえ》、血だらけになって、流しに覆い被さるようにして、事切れてて、もう大変な騒ぎになって、お、おまえさんを呼びに来たんだ。すぐに帰っておくれ」

「うん、そんなこと言って……。ええ？　伯父さん、なんですよ。長屋の衆が見えましてね。師匠が死んだって言う……」

「馬鹿野郎、何てことを言う。病人の耳にでも入ったら、気を悪くすらぁな。駕籠へ乗ってるじゃねぇか。駕籠を見てみろ」

「駕籠に乗ってる。ンフフ……、師匠、長屋の衆が見えましたがね、開けますよ、ようがすか？　長屋の衆がね、師……（腰を抜かす）、……伯父さん、伯父さん、伯父さん」

「おう？」

「伯父さん、伯父さん、伯父さん、伯父さん、……伯父さん、伯父さん、伯父さん、伯父さん」

「何故重ねて呼ぶんだよ？　一遍言えば良い。どうした？」

「……師匠が居ねぇ」

「なあに？」

「……し、師匠が、居ねぇ」

「何？　師匠が居ね……、（手を打つ）。

お長屋の皆さん、申し訳ない。いえ、新吉は拠所《よんどころ》無《な》い用があったもんで、手前どもに来ましてね。一足先に帰ってくれませんか？　すぐに新吉と二人で駆け付けますんで、ええ。一足違いで伺いますんで、一足先に帰っ……、ええ、わぁ、何とも申し訳がございませんで、よろしくどうぞ。申し訳がない。

それから、駕籠屋さん。済まないがな、用が無くなっちまった。引き取っておくれ」

「いや、あのぅ、何処までお送りすればいいんです?」

「いえいえ、送らなくても良くなった」

「ええ?　お乗りになった方?」

「いや、乗らなかったの」

「いえ、乗った」

「いや、……乗ったと見せて乗らなかった。で、明日あたしがね、親方のところにね、駕籠代を届けるから、僅かだけどご祝儀を届けさせてもらうから、今日は済まないけれど、引き取っておくれ」

「ああ、そうすかい……、相棒、ハハッ、用が無くなったんだって、じゃあ、帰《けえ》ろうじゃないか。(肩を入れる)よっ、しょっ!　……うん?　……旦那ぁ、お乗りになってますよ」

「乗ってる?　そんな馬鹿なことはない。開けてみてごらん、うん」

「……本当だ。なんだ。あ、そうだ。座布団がある。座布団を返《けえ》さなくちゃいけねぇ。そちらへ、お返ししますんで」

「済まなかったね……。

新吉、……新吉、すぐに提灯に灯りを点けろ、提灯に灯りを点けろと言う。点けたら一緒に来い。一緒に早く来るんだ。……その提灯持ちが後ろから歩いていたんじゃ何の役にも立たないんだよ。横へ並ばなくちゃいけねえ。さっさと歩きな」

「……伯父さん、師匠は怒っているでしょうね」

「あたり前《めぇ》だ。おまえがあんな病人をほっぽり出して、ひょこひょこひょこひょこ出歩くからこう云うことになるんだ。怒っているに決まっているじゃねえか?」

「でもねえ、師匠があたしに『済まなかった。勘弁してくれ』って言ったんですよ。あんな優しいことを言ったのは、師匠ははじめてなんだ。それなのに、普段は『こんな顔になった。こんな顔になった』って、だあぁぁぁぁ!」

「……びっくりした。おお、痛え、この野郎、いきなり人を突き飛ばしやがって、どうしたんだ?」

「伯父さん、……伯父さん、白いものが、ふわぁっと……」

「馬鹿、あれは野良犬だ、あれは。おお、痛え。足を踏んで、胸を突き飛ばして……。ああ、あ、提灯をおっぽり出して、燃しちめえやがって、そこへ座り込んじゃっちゃしょうがないじゃないか。しっかりしろ！」

……戻ってまいりますと、豊志賀が剃刀で喉を搔《か》っ切って、死にきれずに水を飲もうと台所に出てまいりまして流しの上に、こうぉっと覆い被さるように息絶えております。……布団の下から、書き置きが出てまいりましたんで読んでみますと、

「新吉と云う奴は、不人情な奴だ。こんな大病人を捨てて逃げだすとは何事だ。これから新吉の関わる女は、七人までも取り殺す」という呪いの手紙でございます。これから、新吉が関わりました『お久』、『お累』、『お賤』などと云う者が皆悲惨な末路を遂げていくと云う『真景累ヶ淵』の第三話『豊志賀の死』でございます。お時間でございます。

真景累ヶ淵　勘蔵の死

口演年月日
平成二十五年　七月十五日　圓朝祭　他

お運びを頂きまして、厚く御礼を申し上げます。

我々落語界の神様と言われている三遊亭圓朝師匠の御作《おさく》でございます『真景累ヶ淵』、まぁ、予《かね》てからお喋りをさせて頂いておりまして、今回が第四話でございます。ですから、噺を七話に分けてあるもんですので、五、六、七と、……まぁ、今日は一遍に四話のお喋りをさせて頂きますが、五、六、七とお見えくださらないと、……累ヶ淵の筋がまるで分からなくなります。……まぁ、語り終わるのが何時になりますか分かりませんですが……。

特に最後の七話目の『お熊の懺悔』でございますが、これはお亡くなりになりました圓生（六代目）師匠も、それから（林家）正蔵から彦六におなりになった正蔵（八代目）師匠も、お演《や》りになっておりませんでして、で、何故ここを私が演るかと云いますと、……最終話《ここ》を演りませんと、何か謎解きになりませんので、登場人物の、まぁ、全部始末をつけてしまおうと思って、『お熊の懺悔』を付け足してみましたが、まあ、これを聴いて頂きますと、いろいろと人間の因果関係と云うのがお分かり頂ける訳でございます。まあ、これだけ申し上げておけば……、もう、会場に来ない訳にはいきますまい。どうぞ一つ、お付き合いの程をお願い申し上げます。

新吉が富本の師匠でございます豊志賀と色恋仲《あやしいなか》になりまして、で、豊志賀のほうがだいぶ歳が上でございましたので、新吉を大層可愛がりました。年増の深情けと云う奴でございます。で、この、豊志賀のところに、羽生屋のお久と云う今年十八になるぽちゃぽちゃっとした大変可愛らしい娘が、稽古《こ》に来ておりまして……、ところが豊志賀はこのお久と新吉が何か関係があるんではないかと、稽古のときにお久に大変に焼き餅を焼いて辛くあたります。で、本当は何にも無いんでございますが、邪推と云う奴でございます。まっ、年の差でございます。そのうちに豊志賀の右の目の下にポツッと出来ました吹き出物が、爪で引っ掻いたと見えて咎めまして、あっという間に顔の右の半面が、こう、赤黒く紫がかって腫れあがって、恐ろしいと云うよりも怖い顔になりまして……。芝居で観る「累《かさね》」か「お岩様」のような顔になった。さぁ、こうなりますと焼き餅はますます激しくなり、しまいには新吉にまで当たり散らすようになって、挙句の果てには自害をいたしました。書き置きがございましたんで、読んでみますと、

「これから新吉の関わった女は七人までも取り殺す」

と云う呪いの書き置きでございます。

　ある日のこと、新吉が豊志賀の墓参りに来る。ここでばったりとお久に逢いまして、いろいろと世間話をしているうちにお久が、

「新さんも知っての通り、あたしのお母さんと云う人が継母《つか》で、あたしに辛くあたってどうもこっちに居にくくてしょうがない。あたしの伯父さんと云う人が下総の羽生村と云うところで質屋をやっている三蔵と云う人なんですが、手紙でこのことを言ったら、伯父さんから手紙が来て、

『そんなに居づらいんだったら、いっそのことこっちへ来てしまえ。おまえの面倒は俺が見るから』

　と、言ってくれたんですけれども、あたしも下総の羽生村、伯父さんのところへ行きたいと思っているんですが、女一人であんな遠いところまで行くことは出来ず、どうだろう新さん、あたしを下総の羽生村まで送ってもらう訳にはいかないだろうか？」

「……そらまぁ、お久さんも知っての通り、あたしもいろんなことがあって嫌で嫌でしょうがない。まあ、送って行くのは良いけれども、またあたしが一人でこっちへ帰って来ると云うのが……」

「それだったら、大丈夫。伯父さんと云う人は、大変に親切な人です。あたしか

ら頼んで新さんの一人ぐらいは、どういう具合にでも面倒を見てもらうようにしますから」

「それだったら」と云うので、二人が手に手を取って墓場から駆け落ちと云うことになります。……妙な駆け落ちがあればあったもんでございます。

　いま一歩で羽生村に入るというと、もう夜になっておりまして……。で、お久が道端の草むらにお百姓さんが忘れていったものか、あるいは落としていったものか、草刈《くさか》り鎌《がま》が一丁落ちていた。で、これを踏んで足に怪我をしたというので、手当てをしておりますと、いつかこのお久の顔が……、自害をいたしました豊志賀の顔に見えましたんで、怖い恐ろしいと夢中でもってこの鎌を振り回して、お久を斬り殺します。

　我に返ってよく見ると……、そうじゃぁない。（はっ、これも豊志賀の祟りかしら？）と逃げようと思いますと、後ろから襟髪《えりがみ》を摑まれて引きずり倒された。これは、土手の甚蔵《じんぞう》と云う極悪《ごくわる》い奴でございます。腹黒い奴で、（六代目）円楽みたいな奴でございます。……まあ、こう言えばこの土手の甚蔵がどのくらい悪い奴か、大体お分かり頂けますかと思います。

　ここで、新吉を捕まえようと云うので、真っ暗闇の中で二人が、組《く》んず解《ほぐ》れ

ついたしております。……それまで、遠くのほうでピカピカピカピカ光ってい
た稲光が、いきなり頭の上で一つピカッと光る途端に、ガラガラガラ、ピ
シッー！　傍に落雷でございます。で、この甚蔵と云う奴は度胸もあるし腕っぷ
しも強いんですが、雷が大嫌いと来ているものですから、
「うわぁー」
っと、耳を押さえてそこへ突っ伏す。この隙に新吉は逃げ出しまして、四、五
丁走って、ひょっと土手下を見ますと……。灯りの点いた家が一軒ある。（あそ
この家は未だ起きているから、助けてもらおう）と、飛び込んだところが、……
甚蔵の家へ飛び込んだ。間抜けな話があったもんでございます。……何故灯りが
点いていたのか？　あのう、昔のそう云う田舎と云うものは、あの途中で雨に降
られたり何かいたしますと、何処の家へでも飛び込んで、雨宿りと云うのをして
も構わなかったんだそうですね。で、灯りを点けたまんま、雨宿りをした人は、
こう、帰ってしまう。ですから、この灯りが点いたままでいる。暫く経ちます
と、甚蔵が帰って来て、新吉の顔を見て、（ははぁ、さっき女を殺したのはこの
野郎だな）と、思いましたが、悪党の勘でございますから、腹に一物《いちもつ》ある為に、
「なに、お前《め》ぇも行くところが無《ね》ぇんだったら、ここに居るが良いじゃぁねぇか

い、ええ？　……俺だって、身寄り頼りの無《ね》え人間だ。……遠慮しねぇで居るがいいやなぁ。……なんなら、兄弟《きょうでえ》分の縁を結んだって構わねぇんだぜ」

「ありがとう存じます、……そう願えれば、ありがたいんでございますが」

どうして土手の甚蔵がこんなに優しくしたか？　と云いますと、この野郎はさっき女を殺した。金を奪ったのに違いはない。どうかその金をこっちへふんだくってやろうと云う下心があったものですから、親切にいたしました。ところが後で訊いてみると、そうじゃぁない。豊志賀が化けたと思って、怖い恐ろしいと云う思いでもって斬り殺した。で、これを聴いて甚蔵ががっかりいたしましてねぇ。

「何だよ、お前《め》ぇ。……んなことなら、助けるんじゃなかった」

今更「出て行け」と言う訳にもいかず、また新吉も行くところが無いものですから、ここで厄介になっておりまして……。

で、お久の死骸は、伯父の三蔵が引き取りまして野辺送りも済まして今日が初七日、寺で法要をすると云うことを村のお婆さん連中が話をしているのを小耳に挟んだ新吉が、（陰ながらお参りをさせてもらおう。少しは罪も軽くなるだろう）と、寺へ参りましてこの時にばったりと会いましたのが、お累《るい》と云う女《ひと》で、……大変に器量の良い気立ての優しい女でございます。これは三蔵の妹にあたります。江戸のさるお屋敷に御奉公をしていたんですが、年頃になった為にお暇をもらって国へ帰って来た。新吉がお累を一目見て、

(どうしてこんな田舎にこんないい女がいるのかしら)

と、思いました。で、お累のほうでも新吉を一目見て、

(何て、いい男なんだろう)

お互いに胸の中に好きだという、まぁ芽が吹き出した訳でございます。その内に、お累が新吉に恋煩《わずら》いをして寝込んだという……。

村の年寄りの口利きの、まぁ、仲立ちで、新吉がここへ養子へ入ると云うことが決まりました。日数が経ちまして、まあ、式も無事に済み、三々九度も終わって、床盃《とこさかずき》も済みましていよいよお床入り、……ところがお累が何時まで経っても、部屋の隅で行灯の陰に隠れるようにして、……俯《うつむ》いている。なかなか布団《こっち》へ入って来ませんので、新吉が、

「累や、おまえは何時までもそんなところへ座っていないで、こっちへ入ればいいじゃないか」

「……でも、……こんな顔になりましたが」

見て、新吉が飛び上がる程、驚きました。右の半面が、こぅ火傷の痕で赤黒く紫がかって腫れあがっている。……式のときには綿帽子と云うものをかぶっておりますから、気がつかなかったんですが、どういう訳でこうなったのかと思いましたら、新吉がここへ養子に入ると云うことが決まった明くる日に、部屋の中に蛇が出たと云う。蛇の出るような季節ではなかったんですが、目の錯覚で何かがそう見えたらしいんでございます。慌てて逃げる弾みに田舎のことですから大きな囲炉裏が切ってございます。ここへ転がり込んで、自在にかかっております煮え湯を頭からかぶって顔の半面大火傷をいたしまして……。

（俺と所帯を持つと云うことが決まって、こう云うことになると云うことは、……これも豊志賀の祟りかしら？　これからはお累を大事にしよう。また、兄の三蔵や母親にも孝行を尽くそう）

と、大変に夫婦仲もよく円満でございます。兄の三蔵も、

「新吉は歳は若いが感心だ。醜くなった累を可愛がってくれる。ああ、ありがたい」

家の中も大変に円満でございます。で、その内にお累が身籠ったと云うことが分かりますと、ますます新吉は親切にいたしまして、「重いものを持ってはいけ

ない」、「高いところへ手を伸ばしてはいけない」、大変な気の遣いようでございます。もう、来月の頭あたりが産み月と云う頃に、江戸から赤紙付きの手紙と云うものがまいりました。

赤紙《これ》は今で申しますと、速達のようなものでございます。読んでみますと、江戸にいる伯父の勘蔵が九死一生《きゅうしいっしょう》、（どうか息のあるうちに一目会ってもらいたい）と云う長屋の連中からの手紙でございますので、新吉は三蔵にこのことを話をいたしますと、

「おまえのたった一人の伯父さんだ。行って面倒を看るように。いいかい？　あたしに遠慮をすることはないから……」

話の分かる人ですので費用も十分に持たせまして、新吉が江戸に入ってまいりましたのが八月の半ば……。もう夜になっておりまして……、

「今晩は……、今晩は」

「はぁーい、だ……、新吉さんじゃないか!?　……よく帰って来た。おい、おかね、新吉さんが帰って来た。濯《すす》ぎの仕度をしな。

……挨拶なんか、いい。まぁまぁまぁまぁ、荷物はこっちへ取るから。いやぁ、よく帰って来てくれた。もうね、勘蔵さんがおまえさんに会いたがって、

『まだか、まだか』と言うので、まるで子供がお祭りを待っているようだ。早く会って、勘蔵さんを安心させてやっておくれ」

「いろいろと、この度は皆様方にご迷惑をおかけいたしまして、ありがとう存じます」

「迷惑をかけたなんて言うもんじゃない。長屋の連中が代わり番こに、まぁ、看病をしたり面倒を看させてもらいました。とにかく、あっちにも長屋の連中が居るから、勘蔵さんに早く会ってやっておくれ」

「ありがとう存じます。

……これはどうも、お長屋の皆さん、この度は伯父がいろいろとお世話になりまして、ありがとうございます。新吉でございます。お手数をかけて申し訳がございません。ありがとう存じます。

……ありゃぁ、吉田のお婆さんじゃありませんか？」

「まぁ、どなたかと思ったらぁ、新吉《しんきっ》さんじゃないかね？　しばらく見ない内に、まぁ、大層もっともらしくおなりになってねぇ。『おまえさんに会いたいんで早く知らせてくれ』と言われたけれどさぁ、遠いところからおまえさんを呼んで、何だなぁ、『これっぽっちのことでもって、遠いところから俺を呼ぶことはねえじゃねぇか』と、愚痴を言われても困ると言っても、もしものことがあったときにさぁ、『長屋の衆が付いていて気も利かねぇ』と、恨み言言われても困る。知らそうかどうしようかって、皆で随分話し合ったんだよぉー。まあ、勘蔵さんもおまえさんに会うのを随分楽しみにしているけどさ。それに今度、子供が産まれるんだってね？　勘蔵さんも楽しみにしていたけれども、『俺《おらぁ》もう、この世では会えねぇんじゃねぇか』って半分は、まぁ、諦めていたような訳だけれどもねぇ、それに良いところに片付いたんだってね。川が流れていて、そこで顔も手足も洗うことが出来る。鍋釜も洗うことが出来る。まあ、重宝なとこがあれば、あるものだ。俺たちもそう云うところへ一遍行ってみてぇとは思うけれども、もうこの歳じゃ無理じゃねぇのかと云って行かなきゃ心残りになるし、行こうか行くめぇか、どうしようかと……」

「お婆さん、いい加減にしなよ、おい。一人で喋ってたんじゃ新吉さんが行かれねぇじゃないか。早く向こうへおやりよ」

「だったね。じゃあ、この続きはまた後ほど」

「噺家みてぇなことを言いなさんな。あんな提灯婆に関わってねぇでね。早く向こうへ行ったほうが良い」

「ありがとう存じます」

……向こうを覗きますと勘蔵が、……この勘蔵と云う人は、歳がもう六十七になります。煙草を刻みながら暮らしをたてていた。貧しく暮らしていたために患ったと云うので長屋の連中が代わる代わるに面倒を看ている。まあ、昔の長屋の厚い人情、結束でございますから……。

今も申しました通り、貧しく暮らしていたために、あのぅ、上にかけます五幅《いつの》布団《ぶとん》が、これを二つに折って長細くして、これが……敷き布団でございます。で、ご案内の通り昔は、この皆、髷《まげ》を結っておりましたんで、箱枕と云う物を使ったんですが、患っているからそれでは「痛い」と云うので、坊主枕……とこ
ろがそんな気の利いたものはありませんから、座布団をぐるぐるっと丸めてこれを凧糸でくくって坊主枕の代わり。汚れた単物《ひとえもの》の上にこれも汚れた袷《あわせ》をひっかけて、猫の百尋《ひゃくひろ》みたいになった兵児帯《へこおび》を締めて、この布団の上にごろっと横になっている。

「伯父さん、……新吉だよ。伯父さん、分かるかい？　新吉だよ」

「……う……ん、……はぁー、新吉ぃ、よく帰《けえ》って来てくれた。ありがてぇ。俺は、お前《めえ》に会いたくて、会いたくてよ。『早く知らせてくれ』と、長屋の連中に

頼んだんだが、養子だからまぁ、呼んじゃ良いの、悪いのと、評議ばかり長くて……。長屋の連中は役に立たねえ奴らばかりだぁな」

「そう、言いでないよ。長屋の皆さん方が皆で寄って、伯父さんの面倒を看てくれたんだから、ありがたいと思わなきゃいけないよ」

「面倒を看るたって、お前《めえ》、枕元へ集まってべちゃべちゃべちゃべちゃ喋ってばかりいて煩《うるせ》えの、何のたって……。向こうに、おかねさんって太ったおかみさんが居ただろ？　俺が、『便器《おかわ》に手水《ちょうず》がしてぇ』と言うと、あの人が力があるもんだから、俺の襟首を摑んでひょぅいと持ち上げて、『さあ、お爺さん、おやんなさいよ』って、そおっと降ろしてくれりゃあ良いんだが、上のほうで手をおっ放《ぱな》すから便器《おかわ》に尻をぶつけて、痛《いて》えの何のったって、ロクな奴は一匹も居やしねえやな」

「そんなことを言うもんじゃねえ……長屋の皆さんが聞いたら気を悪くするじゃないか、本当に。

どうも、あいすみませんでございます。申し訳ございません。年寄りの言うことでございますんで、どうぞ、ご勘弁の程を」

「気にしちゃいませんよ、ええ。勘蔵さんの気心はよく知れてますんでね。今日は、新吉さんが来たんであっしたちは一旦家へ帰《けえ》りますけれどもね、何か用があったら遠慮しねえで声をかけてくださいよ、ええ。

勘蔵さん、新吉さんが来たから俺たちゃ一遍家へ帰《けえ》るからね」

「帰《けえ》ってくれ、帰ってくれ。おまえたちは居たってもう何の役にも、立ちゃしねえ。煩いから帰ってくれ」

「何てことを言うんだ。どうも、あいすみませんでございます。その節はよろしくどうぞお願いをいたしますんで……。いえいえ、そりゃどうも、分かっておりますんで、ありがとう存じます。ありがとう存じます。

……伯父さん、……何てことを言うんだよ？　長屋の衆が気を悪くするじゃないか」

「へっへっへ、悪くしたって構やしねえやぁ。もうこっちは、長《なげ》えことないんだい。けど、新吉ぃ、おまえ、よく帰《けえ》って来てくれた。ありがてぇ。……今度、子供が生まれるんだってな、男かい、女かい？」

「そらまだ、生まれてみないことには分からないよ」

「天気のいい日に縁側へ出て透かして見たらどうだい？　分かるかも知れねえ。へっへっへっへ。いやぁ、男でも女でも、元気な子供を産むのが一番だ、なあ？

これればかりは、神様や仏様の授かりもんだ。生まれてみねえことにゃ分からねえが、しかしまあ、楽しみなことだ。……ああ、そうだ、俺《おら》、お前《めえ》にやりてえ物があるんだ」

「伯父さんが、何かあたしに形見をくれようって云うのかい？　昔から形見と云うものは、達者な内にもらっておくもんだと云うことを聞いたことがある。何をくれるか知れないけれども、じゃあ、ありがたくもらおうじゃないか。何をくれるんだい？」

「ちょいと待ってくれ。俺は今、出してやるから、ちょいと待っててくれ。……これを、これ、隠すのに随分骨を折ったんだ」

布団の下から汚い鬱金《うこん》の財布を出しますと、中から取り出しましたのが、かたちも大きさもちょうど小判ぐらい、よく見ると真鍮の迷子札の様なものでございますんで、

「伯父さん、……それは、迷子札だね？」

「……迷子札だ」

「それをあたしにくれようって云うのかい？　ははぁ、これまた、随分変わったものをくれるね？　うん。ありがたく頂いておこう。今度産まれる子供が男の子

だったら、坊にこれを持たせようじゃないか」

「……坊と言わずに、……お前《めえ》が持つがいいや」

「伯父さんも焼きが回ったね。こんな大きな身体《なり》をして迷子札……」

「まあ、いいから……、そこに汚《きたね》えが座布団がある。その座布団を敷《ひ》いてくれねえか？」

「これを、……あたしがこの座布団を敷くのかい？　あああ、分かった。分かった。じゃあ、敷くからね。……さあ、伯父さん、座布団を敷いたよ」

「……俺《おら》、今、布団から出て、そっちへ行くから」

「駄目だよ、布団から出ちゃ！　畳の上なんか、冷えるから駄目だって！」

「まあまあ、どうぞ、……どうぞ、……そのままで居てください。今、差し上げたその……迷子札、……どうぞ、お目をお通しになって頂きとうございます」

「ええ……？」

見ると、小石川小日向服部坂《こいしかわこびなたはっとりざか》深見新左衛門二男新吉と彫ってございますんで、

「……伯父さん、この新吉ってのは、あたしの名だね？」

「貴方《あなた》の名でございます。……貴方は、そこにある通り小日向服部坂に屋敷を構え二百五十石取りの御旗本の若様でいらっしゃいます」

「ええ～、……あたしが旗本の……」

「お父様《とっつぁま》は、小普請組、つまり無役でございました。無役では世に出ることが出来ないと、いろいろと上役に金も使い、気も遣ったのでございますが、どれもこれも上手く行きませんでもう、終いには自棄《やけ》をおこしてガブガブガブガブ酒ばかりを飲んでいる。こんな具合ですので、所帯も大層苦しいと云うので、手の届く限りの借金をいたしました。

皆川宗悦と云う按摩からも金を借りましたが、三年越し、これが返せず、あれは安永《あんえい》二年の十二月の二十日の夜、宗悦が催促に来る。相変わらず殿様はお酒を召し上がっている。

『返してもらわないと困る』

『今は無いから返せない』

『返せ』

『返せない』

段々言葉が荒くなって、終いには、

『おのれ、按摩の分際で。無礼な奴だ』

と、言うと殿様が刀掛けの大刀《だいとう》に手がかかって、サァッと抜き打ちで……、宗悦を斬り殺しました。

……死骸のやり場に困って、三吉と云う下男を呼んで、古道具屋から買ってまいりました古い葛籠に宗悦の死骸を入れ、……三吉に僅かでございますが、金を与えて暇を出す。『どこでもいいから、葛籠《これ》を捨てろ』と仰って、宗悦の死骸を捨てにやりました。

それで物事が済めば何事もないのですが、奥方様がつまり貴方のお母様が大層心の優しい人で、（罪もない宗悦を殺して、あとへのこった二人の娘が気の毒だ……）と、これを思うとどっと、気の病で床に就くようになりました。今、申しました通り、苦しい所帯でございましたので、女中なぞは置かずに奥方が奥のこと、勝手のこと、一身に引き受けておやりになっていたのですが、寝込んでしまった為に看病をする者が居なくなり、その当時、市ヶ谷に長坂一斎《ながさかいっさい》様と云う一刀流の剣術の道場がございました。ここに内弟子としてお入りになっていた貴方のお兄《あに》い様の新五郎様を呼び寄せて看病をさせる。台所のほうは、深川の網打場《あみうちば》と云うところから、お熊《くま》と云う女を雇って来て……、勝手ごとの面倒を看させたのでございますが、このお熊と云う女が、水商売なぞに出ていたことのある女ですので、ある程度器量もよく、酒の相手も出来れば酔ったときには唄のひとつも唄うと云うので、殿様が大層お気に召しまして……。ある晩のこと、一人寝の寂しさでこのお熊にお手がつきました。……身籠ったと云うことが分かる途端に、この女が本性を現しまして、あることないことと言いたいのですが、それこそ、ないことないことを殿様に言いつける。

『若様が私に根性の悪いことをした』

『意地の悪いことを言った』

これを聞くと殿様が腹を立ててその当時、十八にもなっている貴方のお兄《あに》い様の新五郎様を煙管でぶったり、叩いたりいたしました。そのうちに新五郎様は、『こんなところに居たのでは、世に出られない』と、手前にある程度のことをお頼みになり、田舎のほうに姿を消してしまいました。ちょうど、殿様が宗悦を手にかけて一年後の十二月の二十日の夜、（大層、肩が張る）と言うので、流しの按摩を呼んで、揉み療治をさせているうちに、……何時かこれが手にかけた宗悦の顔に見えましたので、

『おのれ、宗悦。迷うたな?』

と、言うと、さぁーっと斬りつける。『キャァー』と言う声で、……殿様がよく見ると、寝ていた奥方様が、便所《はばかり》に行くのでございましょう。歩いて来たとこ

ろを、肩先から乳《ち》の下にかけて、一刀の元に斬り殺しました。これを見て殿様が、かぁーっと逆上して、家の中じゅう暴れ回り、挙句の果てには血刀《ちがたな》を下げて隣屋敷に斬りこんで、とうとうここで、……斬り殺されてしまいました。

乱心をしたと云うので、屋敷はお取り潰し、お熊は女の子が生まれたのでございますが、屋敷が潰れてしまった為にこの子を連れて深川の親元に帰る。

……貴方様は、その当時まだ三つにやっとなったばかりのところですので、手前が抱いてこの大門町に来て、煙草を刻みながらお育てをいたしました。……小さい頃は、『言うことを聞かない馬鹿だ』と、殴ったことも一度や二度ではございません。お許しくださいまし。

それから、あそこにございます新光院《しんこういん》様と云う御位牌ですが、あれが貴方のお父様《とっつぁま》ですので、あれだけはどうぞ、お持ちになって頂きとうございます。……それから、今も、申しました通り、貴方には一人のお兄いさんがいらっしゃる。お達者ならば、三十九から四十ちょっとぐらい……、色の白い面長で、鼻の高い、眉毛の濃い、右の目の下に大きなほくろがございます。

どうか、その迷子札を証《あか》しに、兄弟の名乗りを上げて頂きとうございます。

……今までは、ご主人様の頭に手を上げる……。どうか、……どうか、このことだけは、御勘弁くださいまし……」

「……ちっとも知らなかった……。しかしね、伯父さん、……あたしが旗本の、まぁ、息子だろうが、何だろうが、こうやって手足を伸ばしてくれたのは、伯父さんなんだ、ねえ？　だから、あたしはおまえさんを、決して他人とは思わない。本当の伯父だと思っている、いや、本当の父親だと思っている。それは、今でも変わらない。どうか、養生をして病気を治しておくれ。……ね？　病気が治ったら、田舎へ行こう。田舎へ行って、伯父さんにのんびりと暮らしてもらうから。いいね？　伯父さん、分かったね？」

「……ありがてぇ、……ありがてぇ。俺《おらぁ》その言葉を聞いたら、もう今すぐに死んでも構わねぇんだ。ありがてぇ。さあ、死のう。急いで死のう。『死のう』たって、なかなか人間手軽に死ねるもんじゃねぇねえ？　お前《めぇ》の前《めぇ》だが、息のあるうちに温《あった》けぇお飯《まんま》で、カツオの刺身が食いてぇよ」

「いいとも、伯父さんの好きなものは何でも買ってあげる」

からと、これから一所懸命看病をいたします。面倒を看た。……三日を置いて、四日目、眠るがごとくに大往生をいたしました。本来でございますと、初七日ぐらいまでは居なくてはいけないのですが、自分のところでも、何時、子供が生まれるか分からない。気が急《せ》くものですから、精進物ではございますけれども、長屋の連中に御馳走をして、で、後を引き受けたいという人が居るもんですから、勘蔵の家を安く手放して、幾らかを長屋の連中に、

「まぁまぁ、お願いをします」

と置いて、新吉が長屋を出ましたのが、只今の時刻で申しますと、三時をちょっと過ぎた頃でございます。今日は亀有へ泊まろうと云うので、菊屋橋までまいりますと、ぽつぽつぽつぽつぽつ雨が降って来た。ひょっと向こうを見ますと、蕎麦屋があったもんですから、そこへ飛び込んで蕎麦を食べながら雨宿りをしていたんですが、雨は止むどころの騒ぎではございません。ますます激しく降って来る。もう、どうにもしょうがないので、駕籠を一挺《ちょう》雇いまして、行き先を亀有と告げて、駕籠にすっかりと桐油《とうゆ》をかけまして、この桐油《とうゆ》と云うのは調べてみましたら、美濃紙に油をひいたものだそうでして、まぁ、今で言いますと、うーん、シート、あるいは雨除けの合羽みたいなものでございますか。これをすっかりと駕籠にかけて、担ぎ出したのでございますが、雨はますます激しく降ってくる。雨の中を駕籠が、ぴしゃぴしゃぴしゃぴしゃ……、進んで行く。新吉は、駕籠にこう揺られている内に、看病疲れや気疲れで、うつらうつらと居眠りの内は

良かったのですが、終いには高鼾《たかいびき》をかいて、がぁーっと寝込んでしまう。

「あああ（杖を突く音）、押すなってんだよ！　後ろからそんなに押したって、そんな前へドンドンドンドン行かれやしないんだから、押すなよおい、後棒！」

「……大きな声だね……。びっくりするじゃないか？　駕籠屋さん、声が大きいよ。……どうしたい？　着いたのかい？」

「いえぇ、未だなんですがな……」

「ここは何処《どこ》なんだい？」

「うう、何処ったたってねぇ……。真っ暗ですからねぇ。なあ、相棒。あの左のほうの空が、ぼぉっと明るくなっているのは、あれは吉原の茶屋の灯りだよな？　と、こっちの森が総泉寺馬場《そうせんじばば》の森だ。お客さん、（ここは）千住の小塚原《こづかっぱら》ですな」

「ええ、……何をしてんだよ？　亀有ってそう言ったじゃないか？」

「へぇ……」

「『へぇ』じゃないよ。……吾妻橋は渡ったのかい？」

「……う～ん、それが、まぁ、渡ったような渡らねえような……」

「おい、しっかりしてくれよ。こっちに来ちゃったんじゃしょうがないよ。じゃあ、今日は本宿《ほんしゅく》へ泊まるから、本宿のほうへやっておくれ」

「へい」

また雨の中をぴしゃぴしゃぴしゃぴしゃ駕籠は進める。また、新吉はうつらうつらと居眠りの内は良かったんですが、がぁーっと鼾をかいて寝込んでしまう。

「おいおいおい！　押すなってんだよ！　どんなに押されたって前へドンドン行かれやしねえんだから、押すなよ！」

「……またかねえ？　大きな声なんだから……。どうしたい？　着いたのかい」？

「いいえぇ、未だなんですがな」

「ここは何処なんだい？」

「ええ、さっき、こっちにあった茶屋の灯りが……、こっちになってる。……で、こっちにあった森が、こっちになってる。目の前が山の宿かい？　やっぱり、千住の小塚原ですなぁ」

「……おい、何をしてんだよ。じゃあ、後へ戻ってんじゃないか？」

「ううん……、そうなりますか？」

「『そうなりますか？』じゃないよ。冗談じゃないよ。後ろへ駕籠を担がれちゃっちゃ、堪らないよ。ちょいと駕籠を降ろしておくれ。あたしゃ、降りるから。雨はどうしたい？」

「ええ、もう、すっかり上がりましてね。星が出てますんで、明日はいいお天気でございましょう」

「冗談じゃないよ。後ろへ駕籠なんぞ担がれちゃっちゃ困るよ、本当に。随分、暗いところだね。駕籠屋さんちょいと待っておくれ。さあ、手を出しておくれ。これは駕籠賃だから、それからね、これは僅かだけど酒手だ、取っといておくれ」

「どうも、ありがとうござんす。いえね、妙な晩なんですよねぇ。前へ前へと歩いているんですがね、何かこの棒端《ぼうばな》の先に人が居るような気がしてね、後ろへ後ろへと、こう、押されるような気がする」

「冗談じゃない。後ろへ駕籠を担がれちゃっちゃ堪らないよ。じゃ、こっちへ行くと本宿だね？」

「ええ、そうでございますが、……何か生臭えモノでもお持ちじゃないんですか？」

「冗談言っちゃいけない。あたしゃ未だ精進落ちもしてないから。じゃあ、あたしは本宿のほうへ歩いて行くから」

「どうぞ、お気をつけなすって」

「……ちぇっ、何が『お気をつけなすって』だよ。……腹立ち紛れに降りちまったけど、……随分寂しいところだな……、何か気味が悪いなぁ、どうも。弱ったね、どうも」

ぐずぐず言いながら歩きはじめますと、向こうのほうに藪畳《やぶだたみ》がありまして、その前に人が一人立っている。どうも、あの、寂しいところに人に会うってのは、あまり気持ちの良いものじゃございませんでして……。（あそこに誰か人が居るから、顔を見ないように通ろう）と、新吉がそっと顔を背《そむ》けてその前を通りますと、

「ああ。これこれ、そこの若いの。待ちなさい。……若いの！」

「ほら来た……」

振り返ってみますと、歳の頃なら三十九から四十がらみ……、月代《さかやき》がこう伸びて、左右に分かれていてつやつやしく……。着ている物はと云いますと、浅葱《あさぎ》のお仕着《しき》せ、無地の着物を着ております。昔は、あのう、罪人が御牢《ごろう》の中では、無地の浅葱のお仕着せと云うものを着ていたそうで……。今、まさに牢から抜け出

たばかりと云う出で立ちでございます。

(とん、とん)足が悪いと見えまして、こう、片足を引きずりながら、新吉の傍へ近づいてまいりましたんで、

「……これを、落としたのは、おまえではないのか？」

「……」

「この迷子札を落としたのはおまえではないのか？」

「……迷子札……？　……確かに、あたくしのでございます。いえ、伯父からもらって大事に懐に入れていたんですが、何時落としましたことか……。手前ので、間違いはございませんで……」

「今これに『小日向服部坂、深見新左衛門二男新吉』としてあるが、おまえはこの新吉と云う者を、どのような者か心当たりがあるか？」

「……新吉は、……手前でございますが……」

「なっ！　おまえが新吉か？　これはからざるところで懐かしい！」

いきなり手を握りに来たもんですから、

「あっいやいや、どうも、御勘弁の程を」

「いや、怖がることはない。……儂《わし》はおまえの兄の新五郎だ」

「……え？　ああ、色の白い眉毛の濃い、鼻の高い、右の目の下に大きなほくろがございますが……。しかし、その他何か証拠になるような物は、お持ちでございますか？」

「証拠になるようなものと云われても、数多く持ってはいたが、牢を抜け出してもう、三年近くになる。今は殆ど使い果たしてしまって何にも持ってはおらぬが……。今、おまえは、これを伯父からもらったと申したが、それは少しおかしいな……。おまえには伯父は無い筈だ。屋敷が潰れた折に訪ねて行って、寺で聞いたところ、門番の勘蔵と云う者が、弟を連れて何処《いずこ》かへ姿を隠したと申した。まあ、それを知っているのが証拠と云えば証拠だ。他に証拠はない。おまえは間違いなく、儂の弟、儂はおまえの兄の新五郎だ」

「お兄《あに》い様でいらっしゃいますか？　……どうも、お懐かしゅうございます。知らぬこととは申しながら……。しかし、あなた、その……お姿は？」

「ううむ、いやっ、恥ずかしい話だが、誤って女を一人殺害《いちにんせつがい》して逃げる途中、足に怪我をして、お縄になって牢の中に入れられた。……このようなことも長くは続かぬだろうと、密かに牢を抜け出して三年近くになるがな。如何に責められようとも屋敷の恥と思い、口は割らなんだ。……思えば随分辛い思いをしてきた」

「……そうでございますか……。御苦労なさったのでございますな」

「して、弟。おまえは今、何処《いずこ》に居《お》るのだ?」

「手前は田舎でございまして、え〜、下総《しもうさ》の羽生村というところで、質屋をやっております三蔵と申す者の妹の累と云う者と所帯を持ちまして、……やがて子供が生まれるのでございますが……。お兄様もそのようなことをなすっていてはいけません。如何でございましょう。お頭《つむ》も丸めて、墨染の衣《ころも》を身にまとい、お訪ねくだされば、如何様なご面倒でも見させていただきますんで」

「待て……、待て! 弟。その三蔵と申すものは、元谷中七面前《やなかしちめんまえ》で下総屋《しもうさや》と云う質屋の番頭をしていた三蔵ではないのか?」

「……よく御存じでいらっしゃいますね? その通りでございます」

「おまえはえらいところに養子に入った。その三蔵こそ、儂を訴えた人間だ。幾《いく》度《たび》白州で対決をしたか分からぬ。今でも憎い奴だと思っておる。……弟、おまえは二度と再びそこには戻るな。……よいか? これからは儂と手を合わせて心を入れ替えて、明日からは賊《ぞく》になれ。栄耀栄華《えいようえいが》は思いのままだ。心を入れ替えて賊になれ」

「あなた、そんな、訳の分かんない話はありません。『心を入れ替えて泥棒になれ』、いや、あなたはそうは仰いますが、三蔵と云う人は決して悪い人ではございません。親切な人でございます」

「黙れ！　……現在兄の仇敵《あだがたき》の味方をするとは、そのような者、弟であって弟ではない。……弟！　そのほうの命は、拙者がもらった！　覚悟をしろ」

いきなり懐から短い奴を抜きますと、……これを見た新吉が驚いた。

「あなた、そんな馬鹿な！」

逃げようと思いましたが、雨上がりでございますんで道がぬかっていて、ヅルッと足をとられると、ドーンとそこに仰向けに倒れた。足を引きずりながら追ってまいりました新五郎が、馬乗りになりますと刃物を持ちかえまして、

「弟、汝の命は拙者がもらった。覚悟をしろ」

喉元めがけて、プスッ！

「あああああ……」

「……旦那ぁ、旦那、駕籠の中で夢でもご覧になったんですか？　大きな声をお出しですが、夢でもご覧になったんですか？」

「……はぁはぁはぁ、……夢か？　駕籠屋さん、よく起こしてくれた」

「夢でもご覧になったんですか?」

「……怖い夢を見た」

「ええ、だいぶ魘《うな》されていらっしゃいましたんでね。ええ、お起こししたんですけども」

「ああ、驚いた。ところで、駕籠屋さん、ここはどこだい?」

「千住の小塚原でございますが……」

「……嫌《や》だね。亀有って、そう言ったじゃないか?」

「ええ、端《はな》はそう仰いましたけれどもね、雨があんまり酷いもんですんで、本宿へ泊まるからってんで、此方《こちら》のほうへ回そうと仰ったんで、こっちへ回しましたが」

「……そうかい、ああ、驚いた」

「今、桐油《とうゆ》を取りますから……」

「……桐油を取る?　雨はどうしたい?」

「すっかり上がりましてね。星が出てますんで、明日は良いお天気になるんでございましょう」

「……同じことを二度聞いた。……桐油を取る、ああ、そうか。済まないけれどもね、履物を出しておくれ。小用《こよう》が足したいから。……ああ、よく寝た。……はっ、駕籠屋さん、済まないが、ちょっと喉《ここ》のところを見ておくれ。どうにかなってないかい？」

「……別に何ともなってませんが……」

「ああ、桑原、桑原、こんなところを突かれたら、堪ったもんじゃない。……また、いやに寂しいところだね、どうも、気味が悪いな」

ぶつぶつ言いながら、小用を足して、何の気になしにフッとかたわらを見ますと、二本足の捨て札と云う物が立っております。読むともなく読んでみますと、当時無宿《とうじむしゅく》新五郎としてございましたんで、びっくりいたしまして、

「駕籠屋さん！　提灯を貸しておくれ！」

提灯の灯りで読み下してみますと、今夢で見た通り、谷中七面前《やなかしちめんまえ》、下総《しもうさ》屋の仲働き、お園を無理無体に殺害《せつがい》いたし、そのうえ、百両の金を掠《かす》め取り、何処《いずこ》かへ失踪いたして不届きな者、……後に役人に手むかって不届きな奴。ここに獄門に処すと書いてございますんで、

(兄はここで獄門になったのか？　さっきの夢は正夢だったのか？)

と、これから宿へ入りまして、寝ようと眼をつぶりましたが、夢で見た兄・新

五郎の顔が瞼《まぶた》の裏にありありと焼き付いております。

　明くる朝は早くに宿を発って羽生村に帰って来る。家の敷居を跨《また》ぐ途端に、「待ってました」と云わんばかりに、女房のお累が、「おぎゃー」と産み落としました男の子。顔を見て驚きました。生まれたばかりの赤ん坊のくせに、いやに色が白くて眉毛の太い、鼻の高い、右の目の下に大きなほくろがございます。夢で見て獄門になった兄・新五郎の顔そのままと云うんですから、これからは段々新吉の心も荒《すさ》んでまいりまして、女房・お累を悲惨な目にあわせると云う『お累の自害』、後程申し上げることになっております。ごゆっくりどうぞ。

真景累ヶ淵　お累の自害

口演年月日
平成二十六年　七月十九日　圓朝祭　他

圓朝師匠の御作《おさく》でございます『真景累ヶ淵』の第五話でございますが……。

江戸で伯父勘蔵の死を看取って羽生村の我が家に帰ってまいりました新吉が、家の敷居を跨ぐ途端に、女房のお累が「待ってました」と云わんばかりに「おぎゃー」と生み落としました男の子……、顔を見て驚きました。……夢で見て獄門になった兄・新五郎の顔、そのままと云うんですから、さあ、これからは新吉の心も段々段々荒《すさ》んでまいりまして……。

ある時、はじめて名主・惣右衛門のところに挨拶に行って、ここでお賤《しず》と云う女に会いまして、

「いやぁー、新吉さんの前《めえ》だけんどもなぁ、このお賤はな、江戸の者だね。まぁこっちに知り人も居ねえし、友達も居ねえ。新吉さん、お前様《めえさま》は江戸の人だ。暇があったりば、これのとこさ話し相手に来てやってくれや」

「これは、ありがとう存じます」

このお賤と云う女は、元はと云いますと、深川の芸者でございまして、名主・惣右衛門が金に飽《あ》かして羽生《こっち》へ落籍《ひい》て、家を一軒持たせて住まわせている訳でございます。つまり、名主の囲い者でございますが……。大変に器量も良いし、元

が芸者の為に話も面白いし、洒落も分かる。酒の相手も出来れば、ちょっと酔った時には、一中節《いっちゅうぶし》のひとつも演ろうと云うんですから、新吉にしてみれば面白くて面白くてどうにもしょうがない。足繁く通っている内に、何時かこのお賤と新吉が怪しい仲になりまして……。

しかし、相手は名主様の持ち物ですから、人に知れてはいけないというので、二人で内緒にしているんですが、こういうことは幾ら隠しても現れるものだそうでございます。素振《そぶ》りに出ますから……。

「浮き名立ちゃ　それも困るし　世間の人に　知られないのも　惜しい仲」

なんと云う……、別に音楽学校で教えている歌でも何でもございません。都々逸でございます。まあ、人に知られては困るけれども、ちょっとぐらいは誰かに知ってもらいたいと云うのが、人情でございます。素振りに出ますので、段々段々これが噂になりまして、今ではお累の兄の三蔵の耳にも入ったというので、ところが三蔵は、直に新吉に意見をすると云うのも、何となく角立っていると思い、そこでこのお累に、

「相手は名主様の持ち物だ。もしものことがあるとえらいことになるから、おまえの口から新吉に、よぉーく言って聞かせるように」

言われてお累が新吉に意見をいたしますと、腹を立てまして、打ち打擲《ちょうちゃく》をいたします。前の新吉とはえらい違いになってまいりました。で、幾ら新吉に意見をしても、言うことを聞いてくれない。このお累と云う人は、大変に心の優しい人でございますので、これがこう、気の病のようになって、もう、終いには、胸が締め付けられるように苦しいとか、あるいは頭が割れるように痛いと言って、病をおぼえて床に就くようになりました。

しかし、患ったからと云って、薬一服飲ませてくれる訳じゃなし、新吉は段々、家のほうには寄り付かなくなる。その内に家の物まで持ち出しまして、それを質に置くことか、売りますことか、その金を懐に入れまして、昼間は水街道あたりでブラブラブラブラ遊んでいて、夜になりますと名主の居ないのを見計らって、お賤のところにそっとしけこむという暮らしを繰り返しております。もう今では母親の耳にも入ったと云うので、三蔵がいろいろと心配をいたしまして、お累のもとへまいりまして、

「ああいう人間だ、な？　金の少しもやればすぐに別れることが出来る。累や、新吉と別れるつもりはないか？」

と、言われましたときに、お累が、……兄の前へ両手をついて、

「お兄様、お言葉に逆らうようで申し訳がございませんが、あたくしは因果なことでございますが、新吉さんのことを思い切ることが出来ませんで……。夫に付くのが女の道。……別れることは出来ませんで」

と、このことをキッパリと兄・三蔵に言いました。さあ、それじゃあ、仕方が無い。

「だったら、累や、これは兄妹《きょうだい》の縁切りだよ」

と、言って三十両の金を渡しました。しかし、新吉にしてみれば、（縁は切れたって、金さえあればいいんだ）と云うので、その金を懐に入れましてブラブラブラブラしております。今では、もう村中の者に知れ渡った為に、新吉の顔を見るとそっぽを向く。口も利かないようになる。今も申しました通り、患って寝ているのでございますが、見舞いに来る者一人居りませんでして、真《まこと》に憐れな身の上になりました。

しかし、いくら縁は切ったと云いましても、昔から、「縁は切っても、血筋は切れぬ」と云うことを言いますんで、三蔵にしてみれば縁は切ったが、どうも、累のことが気になって気になって仕方がない。今日も使いの帰り、供《とも》に与助と云う者を連れまして、

「なあ、与助や、……どうもあたしは累のことが気になって夢見が悪くて……どうにもしょうがない。縁の切れた者のところに訪ねていくと云うのも、おかしな話なんだが、一遍様子を見てみたいと思うんだ。しかし、新吉が居たのでは面白くないから、おまえ済まないけれども家の中の様子を見ておくれでないか？」

「はい、……おらもまぁ、お累様ぁ患ってる家でぇ、見舞《みめ》ぇに来《こ》べえ、来《こ》べえとは思うけんども、新吉の野郎がまぁ、根性の悪いことばかり抜かしやがって、ねぇ。こねえだも、道の真ん中で会ったで、

『お累様の塩梅《あんべぇ》はどうだ？』

って、訊いたれば、

『我は、縁の切れた家の奉公人ではねぇか？　くたばろうが、どうしようが、お前《めぇ》たちの世話にはなんねえ』

と、こう抜かしやがってねぇ〜。あんな野郎じゃなかったけんども、まあ、末《すえ》始終《しじゅう》は、あんまりよくねぇと思うが」

「まあまあ、とにかく、家の中の様子を見ておくれ」

「はい、……あぁっ、ぷぇっ、ゴホゴホゴホ、ウッヘン、こら駄目だ……」

「どうしたい？」

「えええ、蚊でございますよ。……蚊の野郎が鼻孔《はなめど》から飛び込んで、口の中から出てきそうだ。えええ、蚊だ。……わぁ、いい塩梅に、新吉《やろう》は居ねえようでごじぇえます」

「そうかい……、入ってみよう」

もう、暮れ方でございますので、家の中は真っ暗です。……手探りで家の中に入ってまいりまして、幾らか暗闇に慣れた目でもって、こう、向こうを透かして見ますと、煎餅よりも薄い布団の上に、子供を横に寝かしまして、お累がごろっと横になっている。

「……累や、あたしだ。……三蔵だ。分かるかい？　……累や」

「……お兄様で？」

「まああまあ、起きなくても良い。そのままにしていなさい。どうも、あたしがおまえのところに訪ねて来ると云うのはおかしな話なんだが、あたしはおまえのことが気になって気になって、夢見が悪くてどうにもしょうがない。今日は使いの帰り、供に長年奉公をしてくれている与助を連れて来ました。与助だったら差し支えはないと思うんで……。

与助や、こっちへお入り」

「はい……、お累様ぁ、塩梅《あんべえ》はどうでごじゃいます？　やぁ、おらも、見舞えに来《こ》べえ来《こ》べえとは思うけんども、新吉さんが根性の悪いことばかりぬかすでよぉ。見舞えに来られねえで、申し訳ねえと思ってるだ。塩梅悪いようだったら、少しお背中、おさすりすべぇか？　いやぁ、遠慮ぶつことはねえよ。背中さすりゃ、幾らか楽になると思うだで、今、おらが、そっちへ行って、さするだで。遠慮することはねえだよ、うん。幾らか、楽……。あれよ？　思ったほど、痩せちゃいねえようだが？」

「あたしだよ、それは」

「そうかね？　こう暗くちゃ、何が何だか訳が分からねえだよ」

「……累や、新吉はどこへ行ったんだい？　……うん、友達が遊びに来て、外へ出かけた。友達と云うのは、あの馬方《うまかた》の作蔵かい？　チッ、酷いなぁ。おまえがこうやって患って寝ていると云うのに、外へ遊びに行くなんて……、（パチン）こ、これは、……（パチン）、これはいけない、たいへんな蚊だね。こりゃ驚いた。こう蚊が酷くちゃ、どうにもしょうがない。蚊帳《かや》を吊らなきゃいけないが、蚊帳はどこに入っているんだい？」

「……蚊帳どころではございませんで、近頃では着ている物まで無理に剝《は》がして質に置きますことか、売りますことか、もう、蚊帳はとうの昔にございませんで」

「呆れたものだ。この蚊の酷いのに、蚊帳を売るというのは……。なあ、与助や」

「そうでごじゃいますよぉ〜。だから、新吉の心は鬼だっちゅうだよ。手前《てめえ》は、まぁ蚊に食われなければ痛くも痒くもなかんべぇけんど、お累様はともかくも、子供が蚊に食い殺されても構わねえちぃだから、だから野郎《やろう》の心は鬼だってそう言っ……」

「まあ、まあ、おまえすまないが家へ行ってね、あのう、蚊帳を持って来ておくれ。この六畳へ吊るね、六七の蚊帳を持っておいで。蚊……、ちょいとお待ち、七八の大きいほうへしておくれ。蚊帳を吊って中へ入って、まぁ、面倒を看るのは少し大きめのほうがいいから、急いで行って来ておくれよ」

「お累様、行ってすぐに蚊帳を持ってめいりますで、すばらくまぁ、辛抱していておくんなせぇ」

「早く行って来ておくれよ」

「へい」

「ところで、まぁ、累や、……こう暗くちゃどうにもしょうがない。竈《かまど》はどこにあるんだい？　……えっ？　……竈も持ち出しましたぁ？　……呆れたもんだ。もう手前《てめえ》の家じゃ、飯も食わないつもりでいるんだ。呆れたもんだ。じゃあ、火打ち箱はどこだい？　うん、……え？　ああ、そうかい。じゃあ、探してみよう。どっかこの辺にある。ああ、あった、あった、これだろう？　ああ、そうだ、そうだ。ちょいと、待っておくれ。……何だね、これは？　もう石が丸くなっているじゃないか？　驚いた、どうも、（ツッツツッツツ、ツッツツッツッツッ）」

カチカチカチカチやっておりましたが、やっと火口《ほくち》に火をつけて、これを付け木に移して、破れ行灯に火を入れて、寝ているお累の姿を見て、びっくりいたしました。

「おまえ、どうしたんだい、その姿は？　ええええ、並みや大抵の病気じゃありませんよ。大病ですよ。呆れたものだ。竈を売る様な奴だ。人も訪ねて来なければ、飯を食うことも出来ない。達者な人間だって死にますよ。……累や、おまえ、これほど酷い目にあっていても、未だ新吉と別れるつもりはないのかい。お母様《つか》も大層心配をしていらっしゃると思うから、あたしがお慰めの言葉を言う

と、

『親兄妹を捨てるような奴。もう、あんな奴の話はしてくれるな』

と、口では強いことを仰っているが、朝晩御仏壇に、看経《かんきん》のときに、

『……累は大病でございます。どうぞ、お守りください』

と、神様や仏様に無理な願をかけるのも、皆、おまえの為だ。新吉などと云う者、金の十両か二十両やれば、直ぐに別れることが出来る。あれと手を切ったら、おまえを家のほうへ引き取って、どんな面倒でも看る。病が治ったら、良いところへ片付けてあげる。また、それが堅苦しいというのなら、別居をしてまでも新吉への面当てだ。あたしは一所懸命おまえの看病をする。累や、新吉と別れるつもりがないか?」

と、強く言われましたときにお累が、利かない手を、こう、ついてやっと布団の上に起き上がって、兄三蔵の膝に手を置いて、顔をじっと見ておりましたが、ぽろぽろっと涙をこぼして、

「おまえ、泣いたりしちゃいけません。身体に障るから、……泣いたりしちゃいけません」

「お兄様、……あたくしが、心得違いから今ではお兄様を呼ぶことも出来ません

でした。しかし、心の中では（逢いたい。逢いたい）と、思っておりましたが、その願いがかなってお訪ねくださって、……ありがとうございます。……お兄様は、そうは仰いますが、新吉にあたくしが、

『そんなに嫌な女房だったら別れてくれ』

と言いますと、

『男の子は、男につくもの。与之助《よのすけ》だけは置いて行け』

と、申しますが、あんな、あんな、鬼の様な人の手にこの子を渡せば、この子が可哀想でございます。どうか、この与之助が三つか、四つになるまで、……お待ちを願いとう存じます」

「おまえ、そんな訳の分からないことを言ってちゃいけません。その子が三つ、四つになるまで、おまえの身体が持つと思っているのかい？　おまえは所帯を持つ前に、あたしに何て言った？

『兄妹と云えば兄さんと二人だけ。これからはお母さんに孝行《つか》したいと思います』

と言った言葉を忘れたのかい？　呆れたもんだい。おまえがそういう心だったら、わたしは本当に縁を切るよ。もう、二度と再び、ここへは訪ねて来ないよ。

それでもいいのかい？」

　別に妹が憎くて言った訳じゃございません。妹、可愛さのあまり、少ぉし強めの意見をいたしますと、……お累が、手足をブルブルブルっと震わせて、歯をぐぅーっと食いしばったかと思うと、問い詰めたと見えまして、そこへバターンと倒れる。

「おい、累、しっかりしな！　少し強い小言を言えば、気絶をするような弱い心を持っていて、どうしてこう、強情をはるんだろう？　累や、しっかりしな！　大丈夫、ああ、それにつけてもあの新吉と云う奴は憎い奴だな。累、大丈夫か？」

「旦那様、蚊帳持ってめえりやして。お袋様にも、申し上げたれば、『どうせ持っていくんだりば、新しいほうの蚊帳持ってけぇ』と言われたで、新しい蚊帳持って来たで、吊りますかね？」

「いいところへ帰って来てくれた。蚊帳どころではない。累が、気を失った」

「へぇ～え？　……まあ、よう、……歯ぁ食いしばってまぁ、苦しそうな顔をして、……おっ死《ち》んだかね？」

「……いや別に、死んだ訳じゃないだろう。……問い詰めたんだろう。ああ、……はっ、水を一杯飲ませてみよう。水を何でもいいから持って来ておくれ」

「まだ、飲ましてなかったかね？」

「飲ましてない。一人じゃ手が負えないから、何でも構わないから、持って来たか？　いや、いや、そのまま飲ますことは出来ない。歯をぐぅっと食しばってるんだから、おまえ、その茶碗をこっちへ貸しな。後ろへ回って、累の身体を起こしておくれ。……首の後ろに手を回して、首を前のほうへぐぅっと出して、そうそうそう。そのままにしておいておくれ。今、わたしが口移しで飲ませるから。それでなかったら、飲ませることは出来やしない。いいかい？　……モゴモゴモゴモゴ！　……モゴモゴ……？」

「何言ってるだが、分かんねえだよ」

「はぁ、首をもっと前に……、あたしが飲んじゃったじゃないか！　そうじゃない、首をもっと前に……、大丈夫だよ、折れやしないんだから。……そうそう、そのままにしているんだよ」

やっとの思いで、お累の口に水を含ませる。良い塩梅に、ゴクッと喉を通ったと見えて、

「……ぅう、……ぅう」

「お累様ぁ、気がついたかね！　良《い》かっただ。良《い》かっただ……」

「おまえ、助かったからって泣くことはないじゃないか。みっともないから、泣きなさんな」

「……嬉し泣きだぁな。人間こんなときでもなければ、泣くときゃなかんべぇなぁ。おめえ様だって、泣きてぇの我慢してねぇで泣いたらよかんべぇな」

「まぁまぁ、そこへ寝かしてやっておくれ。

　累や、すまなかった。あたしが小言を言ったのが悪かった。勘弁しておくれ」

「誰が小言を言っただ？　おめえ様が言ったかね？　こんな病人に？　小言なんて……、この馬鹿野郎！」

「うん、何だよ、馬鹿野郎と云うのは？」

「……お累様よぉ、兄さん決して恨んではなんねえぞ。おめえ様のことを思えばこそ、強《つえ》え小言の一つも言うだで、兄さん恨んではなんねえだ」

「まあまあ、とにかく蚊帳を吊らなきゃいけない。

　累や、吊り手はあるかい？　うん、『吊り手は売れませんから、残ってます』、ああ、そうかい。

　与助、そっちを持っておくれ」

やっと二人で蚊帳を吊って中へ入る。

「やぁ、酷い目にあった。だいぶあたしも蚊に食われましたよ。あっ、それからね、……今日は使いの帰りだ。大して持ち合わせがないが、ここに三両あるから置いて行くから。何かの足しにしておくれ。それからね、……足りなくなったら、誰でも構わないから頼んで、取りに寄こしな、ね？　遠慮することはないよ。分かったね？　いいね？

……与助や、遅くなるといけないから、そろそろ帰ろうか？」

「帰《けえ》りますかね？

お累様ぁ、旦那様が帰《けえ》るちゅうから、おらたちも帰《けえ》るけんども、おらぁこれからは、誰が何とも言おうとも、ちょいちょい見舞いに来るだでなぁ。遠慮しねぇで何でも言ってくだせぇよ」

「ともかく、帰ろう、早く。蚊帳から、お出」

二人が蚊帳を出ますと、お累が、利かない身体を、こうぅー這いずって蚊帳から出て参りまして、帰りかけている兄・三蔵の着物の裾をしっかと摑んで、『よよよ』と泣いておりますんで、

「おまえ、あんまり泣いちゃいけません。身体に障るから」

「……お兄様、あたくしの息のあるうちに、お母様にお会いして、一言お詫びが言いとうございます。……どうぞ、お願いでございますから、……お母様に一度会わせて頂きとうございます」

「大丈夫だよ。……お母様もおまえに会いたがっているのだから、必ず連れて来てやるから。

なあ、与助や」

「大丈夫《でえじょうぶ》でごぜえます。おらが、おふくろ様、背負《おぶ》ってでも、ここさ連れて来るだでな。心配《しんぺい》ぶつことはねえ。……早く、蚊帳の中に入《へえ》って、おやんなせえ。坊《ぼう》が泣いてるでねえかな……。もう、泣くたって、声も出ねえ……」

「さあ、与助、帰ろう」

二人が表へ出る。

「……与助や、……可哀想だが、累はもうあまり長くはないと思う」

「……駄目かね……？」

「……これも定まった命と、諦めるより手がない……。可哀想だが仕方がない。与助、帰る。……ん？　ん？　こら、いけない」

「えっ？」

「いや」

「どうした？」

「鼻血が出て来た。いや、男の鼻血で仔細はないと思うが、与助、おまえすまないけれども、後ろに回ってぼんのくぼのちり毛を三本抜いておくれ。鼻血を止めるまじないだということを云うから。ちり毛を三本、いや、あ、う、痛、痛いなあ、おい！　……摑んで抜く奴があるか、馬鹿だな、本当に」

「たんと抜いたれば効き目があるべえと思って」

「おまえのやることは、乱暴でいけないよ。おお、痛い。さぁ、帰……、……ん？」

「どうしたね？」

「……鼻緒が切れた」

「……横鼻緒《よこばなお》だな」

「……気になることばかりだな。与助、帰ろう」

二人がしおしおと帰って行く。入れ違いに戻ってまいりましたのが、深見新吉。馬方の作蔵と云う者を供に連れまして、どっかで一杯飲んだと見えて真っ赤な顔をして足取りもフラフラフラフラフラ戻ってまいりまして、

「いやぁ、止《よ》そう、作蔵。今日は止そう。今日はお賤のところへ行かねぇで、このますっと家へ帰《けえ》ろうじゃねえか、ええ？　今日は、止そう」

「んなこと言わねえでよぉ〜。お賤さんのとこさ行っておくんなせえよぉ。おら、頼まれただよ。

『作蔵さん、今日も、はぁ、新吉さんを連れて来ておくんなせえよ。連れて来ねえと、おら、おめえをぶっ叩くよぉ』

　ってんで、背中をどやされただよ。行くべえよ」

「『行くべえよ』って、おまえ、へへっ、懐の中は一文無しだあな。ええぇ。一文も無くて、おめえ、お賤のところへどうやって行くんだ？」

「こうりゃぁ、銭なんざぁいらなかんべえやぁ。姐御のとこさ行きゃぁ、お賤さんが酒の仕度して美味えもの拵《こせ》えて待っててくれるだぁよ。銭なんぞ、いらなかんべや？」

「そうも、いかねえやなぁ。のべつのべたら、おめえ、こっちが、向こうにお持たせじゃ、おめえ、男としてだれるじゃねぇかよう！　ああ、今日は止そう。今日は家へ帰《けえ》ったほうがいい。ああ、帰《かえ》ろう、帰《かえ》ろう、そのほうが……、おい、作蔵、……作蔵」

「なんだ？」

「家の中を見ろ。……蚊帳が吊ってあるじゃねえか、なぁ？」

「うーん？　……あれよぅ、それまぁ、新しい蚊帳だぁ、誰が吊ったんだんべぇなぁ？　……分かった。さっき向こうの道を二人連れが、すぅーっと行って、どうも見たような身体つきだと思ったんだが、あらぁ、三蔵の野郎だ。三蔵の野郎が、吊ったに違いがねえや」

「うっへっへ、さあ、作蔵、どうだ。あの蚊帳、質、置いて。金にして、お賤のとこ、行こうじゃねえか？」

「うりゃぁまぁ、いいところに気がついたで。そんだれば、取《と》っ外《ぱず》しにかかるべえや」

「『取っ外しにかかるべえや』って言ったっておめえ、寝てる者に気づかれないように、いいか、外せよ」

「気づかれないように外せよ」って言ったって、酔っ払っておりますんでね。こっちの壁にどしん、向こうの壁にどたん、これじゃあ気づかれない訳にいきませんで……。頭のほうから、すっと蚊帳を外しにかかりますと、

「……旦那様、……お帰りなさいまし……」

「うーん、累か？　おめえ、未だ起きてたのか？」

「その蚊帳を……、どうなさるおつもりですか？」

「『どうなさるおつもりですか』っておめえ、こんな狭っ苦しいところへこんな大きな蚊帳、ああ、張り巡らされたんじゃあ、おめえ、風が入《へえ》って来ねえや。暑いから、外すんだ」

「……どうぞ、蚊帳はそのままにしておいてください。坊が蚊に食われて可哀想でございますから……」

「『可哀想でございますから』って言ったって、誰がこの蚊帳吊ったんだい？」

「兄がまいりまして、『手前は憎いが子供が可哀想だ』と家から取り寄せて吊ってくれたのでございます」

「それが気に食わねんだよ。三蔵と俺とはもう手が切れてんだ。手の切れている奴に何だって、家の敷居を跨がしやがったんだ？　あいつが吊った蚊帳だったら、尚更《なおさら》気に食わねえ。この蚊帳売ってよ、小せえ蚊帳と取り換えるんだ」

「……どうぞ、その蚊帳ばかりは、そのままにしておいてください」

「『そのままにしておけ』って、おまえ、友達が来てるんだい。外へ行きたくたって、（膝を打つ）一文無しじゃ行くことは出来ねえんだよなぁ」

「……お金でございましたら、ここに三両ございますから……」

「う～ん？　……おい、作蔵。……金が手に入《へえ》ったぞ」

「だから、言わねえこっちゃねえだよぉ。

『牡丹餅《ぼた》は、棚にあり、富貴天《ふうきてん》にある』

って、神道者がそう言ったけんど、このことだぁな。うん、その銭持って行くべえやぁ」

「『銭持って行くべえや』って、おまえ、三両ばかりのはした金じゃどうにもしょうがない。よし、この蚊帳も金に換えようじゃねえか？」

「……蚊帳は、よかんべ」

「どうしてよ？」

「いえ、どうしてたってよぉ、姐御はともかくも、子供が蚊に食い殺されたれば、可哀想《かわえそう》だんべな」

「何を言ってやがんでぇ。へっへっ、そんな弱気なことを言うなよ。三蔵の吊った蚊帳なんか、馬鹿馬鹿しくて置いておくことが出来るかい？」

委細構《いさいかま》わず蚊帳を肩に家を出て行こうといたしますので、お累は、（この蚊帳を持って行かれたのでは、兄・三蔵にすまない）と、片手でしっかと子供を抱い

て、片手でしっかり、この蚊帳を摑みまして、

「……どうぞ、この蚊帳だけは、御勘弁の程を……」

言われても、委細構わず、ずるずるずるずる蚊帳ごとお累を引きずってまいりまして、上《あ》がり框《がまち》のところまでまいりまして、

「おい、チッ、放せよ。……放せってんだよ。放さないのか？　よぉし、放すなよ！」

いきなり蚊帳をひったくりまして、もう、累は身体に力がございません。ひったくられる途端に前へのめって、思わず子供を土間に落としました。打ちどころが悪かったと見えて、「きぃー」っと一声泣いたのが、この世の別れ。

「おまえさんは、鬼のような人だ！」

「何を！」

上がってまいりますと、お累を打つ。

「兄い、止《よ》せちゅうだよぉ！　そのおかみさんをポカポカポカポカ殴るの止せっち……。おめえは、まぁ、顔はきれいな顔してるけど、やることは乱暴でいけねえ。おらは、もう、酔いなんぞは、まるで醒めちまった。止せっちゅうだよ！」

「何を言ってやがんでえ！　さあ、作蔵、行こうじゃねえか」

人間こう云う乱暴なことは出来ないと云いますけれど、こう云うことをすると云うことは仏説《ぶっせつ》で申しますと、『悪因縁《あくいんねん》』とか云うものだそうでございます。

この蚊帳も、幾らかにいたしまして、お賤のもとへ、三人で飲みはじめますと、馬方の作蔵は普段野良ですとか、あるいは、馬を相手に喋ってますから、声も段々段々大きくなって来まして、

「おい、作蔵。大きな声を出すなよ。みっともねえから、大きな声を出すなってんだ」

「よぉかんべぇなぁ、大《え》けえ声出したってよぉ。聴いてる者は誰も居やしねえんだ。聴いてる者ったりば、田圃の蛙《けえる》ぐらいなもんだでよ。ようかんべえな。酒飲んで酔っ払えば、声だって大《え》かくなるちゅうもんだよ。よかんべぇな!」

「お作(蔵)さん、あたしゃぁ、おまえさんの酔ったとこは好きだよぉ。声は大きいし、ね? 賑やかだし。あたしゃ、おまえの酔ったの、大好きだよ。それに作蔵さんは、欲の無い人だね」

「うぃっひっひっひ、姐御の前《めえ》だけど、おらだってこれで、欲は十分持ってるだよ。うん、馬ぁ引っぱって、働いているよりも、兄いとここさ来て、酒飲んでいるほうが、よっぽどおもしれえだね、えっへっへっへ。欲はあんだよ。……うう

うう、うぇぁー、まあ、……兄いはお賤さんに惚れきってる。姐御も新吉さんが可愛くて、可愛くて、しゃぁねぇちゅうだで。しかし、姐御の前《めえ》だけんども、兄いもここへ来るのには、いろいろと気ぃ遣ってるだよ、うん。今日も『ここさ、来べえ』って言ったれば、『銭がねえから、止《よ》うすべぇ』っちゅうからよう、おらぁ、そう言っただよ。『銭なんか、要らなかんべよ。姐御が仕度して待っててくれるだから、いくべ』ったれば、『そうもいかねえから、帰《けえ》るべ』って帰《けえ》って来たら、家の中に蚊帳が吊ってあるだよ」

「作蔵、余計なことを言うなってんだよ」

「『余計なことを言うなよ』って、よかんべえな喋ったって……。蚊帳、取《と》っ外《ぱず》して銭にすべえって、外しにかかったりばぁ、兄いんとこの姐御が目ぇ覚ましてよぉ、『その蚊帳どうするだ?』っちゅうから、『銭にすんだ』ったりば、『その蚊帳だけは持って行かねえでくらしぇえ』ってんだ。そんなことは兄い、委細《いせえ》構わず、ずうるずるずうるずる、蚊帳、引きずって来て、上がり框のとこまで来て、いきなり……うぐ、うぐ、ううう（口を新吉に塞がれる）」

「喋るんじゃない。こっち来い」

喋られると、これ、えらいことになりますんで、無理に馬方の作蔵を三畳の部屋に入れまして、これも無理に寝かしてしまう。

「……チッ、あの野郎、本当に、男のくせに『喋り』でいけねぇや、本当にまぁ。よく喋る野郎だ、本当にまぁ。噺家みてえな野郎だ、あいつは本当にな。飲みなおそうじゃねえか」

二人でまた飲みなおして、しばらく飲むと、

「遅くなるといけねぇや、もう寝よう」

二人が床へ入る。いつもとは違いまして、お賤が頭が枕につくかつかないうちに、すぅーっと寝込んでしまう。すやすやすやすやと寝息を立てております。新吉はいつまで経っても寝られませんで、布団の中でもぞもぞもぞもぞしておりまして、そのうちに夜が段々段々更《ふ》けてまいりまして、現在《ただいま》の時刻で云いますと、午前二時、昔で云いますと、八つでございますか……。いつの間にか、外では雨が蓼々《とうとう》と降っておりまして、

「(コツン、コツン)……ごめんくださいまし……、(コツン、コツン)……ごめんくださいまし……」

「……ぅ、……ぉぃ、……ぉぉぃ、お賤、起きろよ、おい。誰か来たよ、おい。お賤、起きろよ、おい」

「……あ、あいよ、あいよ。……ぇぇい、眠いねぇ。どうして今晩こんなに眠いのだろう？　なんだい？」

「外にな、『ごめんくださいまし』って、誰……。……縁側のほうへ回ったようだ。声をかけてみろ」

「あのう、どちらでございますか？」

「……恐れ入りますが、ちょっと雨戸《ここ》をお開けを願いとう存じます」

「あのう、名前を仰ってくださいな。どなたですか？」

「……新吉の家内の累と申しますが」

「はい。

新吉さん、おかみさんが迎えに来たよ」

「馬鹿なことを言うなよ。あいつが来られる訳はねぇやな。大病で寝ているんじゃねえか。来る訳はない」

「『来る訳はない』って来た。新吉の家内の……、はい、はい、今開けますよ」

雨戸を開けてみますと、お累が雨の中を傘も差さずに来たと見えて、全身ぐっしょりと濡れて、子供をしっかりと抱いて、こう、縁側のところに腰を下ろして、

「……あなたが、お賤様でいらっしゃいますか？　……お初にお目にかかります。新吉の家内の累と申します。いつも新吉がお世話になっており、一度御礼に伺わなければと思っておりましたが、病身のためにそれも出来ず、……なんとも、申し訳がございませんで」

「はい、……はい、いいえ。あたしも新吉さんも江戸の生まれですから、あたしがこっちへ来て旦那が友達が居ないだろうから、新吉さんも江戸の人、話し相手に来てやってくれと言われて、それからちょっ……。いいえ、そんなことはどうでもよろしいんですよ。夜の夜中に、何しにおいでになったんでございます？」

「……子供が急に亡くなりましてございます。……今晩のうちに法蔵寺様に葬りたいと思いますが、この身体では行くことが出来ません。……あたくしから新吉に頼むと腹を立てますので、どうかあなたの口からこれを新吉に伝えていただきとうございます」

「はい、はい。

新吉さん、おかみさんがああ言っているんだから、ね？　一緒にお帰んなさいな。フフッ、帰ればいいじゃないか。二人で仲良く手に手を取って。あたしに構わないで。お帰んなさいよ！」

「……何言ってんだよ。おらぁ、帰《けえ》らねえよ！」

「……帰っていただきませんと、……この子が可哀想でございますから……」

「帰《けえ》らねえったら、帰《けえ》らねんだ！」

腹を立てたと見えまして、お累の胸倉をどーんと突きました。お累は庭にごろりと、仰向《あおむ》けに倒れる。泥だらけの身体でこう起き上がって来て、縁側に再び腰を下ろして、

「どうか、この子が可哀想でございますから、今晩のうちに法蔵寺様に……」

「チッ、帰《けえ》らねえったら、帰《けえ》らねんだ！」

ダァーンと胸を突いた。再びお累は庭へごろんと倒れる。ピシッと雨戸を閉めて心張《しんば》りをかう。お累は庭先でわぁーっと泣き出す。途端に、ザァーっと、降り出す雨。

「チッ、そんな酷いことをしないでさぁ、一緒に帰ってやればいいじゃないか」

「ふん、何言ってやがんだ。まぁ、冗談じゃねえ。気色が悪くてしょうがねえや、本当に。おっ、何でも冷でいいや、一杯《いっぺえ》くれ」

冷酒をひっかけて床へ入る。また、お賤は頭が枕へつくかつかないうちに、すやすやすやすや寝息を立てて寝てしまう。新吉はまた寝られませんで、布団の中

でもそもそもそしております。それから四半時と申しますから、三十分近く経った頃に、三畳に寝ておりました馬方の作蔵が、

「う〜ん、う〜ん、うう、うう、うううう！」

「うるせえなこの野郎は。起きてても寝ててもうるせえ野郎だな、こいつは。作蔵、どうしたんだよ？　起きろよ、おい。作、……作！」

「うわぁ！　あぁぁぁ！」

「何だよ大きな声を出しやがって。どうしたんだよ？」

「……おらぁ、おっかねえだよ。おら、おっかねえだよ！」

「夢でも見たのか？」

「夢ではねえ。夢ではねえ。どっから入《へえ》って来たのか知んねえけれど、兄いんとこの姐御がよ、おらの、おらの枕元のとこへ座って、片方《かたっぽ》の手でもって俺の胸の上ぇぐいぐいぐいぐい、おっぺしながら、

『どうか新吉さんを帰《けえ》しておくんなせえよ。どうか、新吉さんを帰《けえ》しておくんなせえよ』

って言うその顔の怖《こえ》えのなんのたって……、おら、口利くことも出来なくなっただ」

「そんなことがある訳ねえじゃないか！　夢見たんだよ」

「夢でねえ。夢……、夢でねえ証拠に、お累さんが座ってたところ、びっしょり濡れてるでねえか。まだどっかその辺に居るんじゃねえか？　お累さ……、ああぁ！」

「おお何だこの野郎！　人のまたぐらの中にいきなり首を突っ込みやがって。しっかりしろい！」

「(トントントントン) 新吉さん、いらっしゃいますかな？　(トントントントントン) 新吉さん、いらっしゃいますかな？」

「おい、作蔵、誰か来た。出てみろ」

「駄目だ。おらぁ、もう、腰が抜けちまってぇ。立つことが出来ねえだ」

「役に立たねえなぁ、本当に、まぁ。どなたさんで、ございます？」

戸を開けますと、村の衆が五、六人で、

「ああ、新吉さん。もう皆で、おめえ様を捜してただ。すぐに家のほうさ、帰《けえ》ってやっておくんなさい」

別の村の衆が続けて、

「おめえ様が居ねえことには話にならねえで」

　年かさの衆も話すと、

「とにかく、まぁ、気の毒なことだで、……いや、名主様にも届けねばなんねえかんの。とにかく、おまえ様が居ねえことにはどうにもしょうがねえ。すぐに帰《けえ》っておくんなさい」

　何が何だか分かりませんが、仕度をいたしまして新吉が戻ってまいりますと、お累が……、片手で死んだ子供をしっかりと抱いて、片手で研《と》ぎ澄《す》まされました草刈《くさか》り鎌《がま》……、これは新吉が累ヶ淵でお久を斬り殺した鎌でございます。山形に三の焼き印が押してある三蔵の使っていた鎌でございますが、この鎌で喉をかき切って自害をいたしております。その顔の恐ろしいのなんのと云って、流石《さすが》の悪党・新吉もこれを見て、ぞぉっとしたようでございます。鎌を夕ネに土手の甚蔵から強請《ゆす》られる『聖天山《しょうでんやま》』へと続いてまいります。

　今晩はこの辺で、失礼をさせていただきます。ありがとう存じます。

真景累ヶ淵　湯灌場から聖天山

口演年月日
平成二十八年　七月十七日　圓朝祭　他

まあ、我々落語界の神様と云われている三遊亭圓朝師匠の御作《おさく》でございます。『真景累ヶ淵』、えー、今回は第六話でございますが、新吉のあまりの酷い仕打ちに女房のお累が自害をいたしました。

まあ、そのときの顔の恐ろしさと云ったら、流石の新吉もゾッとしたようでございます。周りの者には前々から少し気がおかしくなっていたからとか言って誤魔化しました。……ところがこうなりますと、お累の兄の三蔵ともぷっつりと縁は切れたために、一文の仕送りも無くなりました。他にこれと云う収入もございませんので、新吉は持っていた家を二束三文に売り払って、その金を懐に入れまして、昼間は水街道あたりでもってブラブラブラブラ時を過ごし、夜になりますと名主・惣右衛門の抱え者でございますお賤のもとに、名主の居ないときにそっと忍んで行くと云う暮らしを続けておりまして……。

そのうちに、惣右衛門が患ったと云うことを、耳にいたしますと新吉は、前よりも足繁く見舞いと云う口実を設けて、お賤のもとへ忍んでまいります。

ある日のことでございます。未だ、薄明かりの残っている宵の内、外ではしとしとしとしと、雨が降っておりまして、

「お賤さん（トントントントン）、お賤さん……、俺だ。新吉だ。開けとくれよ」

「……はい、誰だ……、あっ、新さんかい？　いいえね、まだ宵の内だけれども、雨が降ってて陰気臭いからね。早めに戸締まりをしちまったんだよ。ちょいと待ってておくれ、今、開けてあげるから。もうねえ、雨ばっかり降っていて、こっ……、どうしたんだよ、おまえ、そんなに濡れてさぁ。傘をお持ちじゃないか？」

「傘持ってるったって、貸傘だな。柄漏《えも》りゃあするし、酷えモノを貸しやがって」

「すまないねえ、そんなに濡れて風邪をひくよ。さっ、これでお拭き」

「ああ、ありがてえ、ありがてえ。うわぁ〜、酷え目に遭《あ》ったよ、こっちは。本当に冗談じゃねえや。ところで旦那の具合《ぐええ》は、どうなんだい？」

「……なんだよ。まあ、良くもならなければ、悪くもならないと云う……。今日はおまえに、そのことでもって、ちょっと話があるんだよ。さっ、こっちへお上がりよ」

「しかし、何だなぁ。……よく、御本家のほうで何にも言わねえなぁ？　おかみさんでも、うーん、それこそ、うんうん、何だよ、あのう。息子さんでも。よく何にも言わねえな？　ええ、いやさ、旦那がこっちへ来っ放しだってぇのに」

「それなんだよ。あたしがそれほど良い面倒を看る訳じゃないんだけれども、……どうも、旦那は御本家のほうにいるのが嫌らしいんだね。自分の気に入ったところで看病してもらったほうが身体には良いなんて云う憎まれ口を利くから、ずぅーっと旦那はこっちへ来っ放しなんだよ。あたし一人で面倒を看ているんだが、骨が折れて骨が折れて仕方がないんだよ。でも、新さんね、その割には都合のいいことだってあるんだよ。旦那に話をして、遺言状からおまえのことまですっかり書きかえてもらったんだよ。まあ、ここのところは大層都合良くいっているんだけれどもねえ」

「はぁ、そうかい？」

「まあ、そのことで……、えっ？　いいえさ、旦那は大丈夫だよ。病疲れ、それも薬を飲んでぐっすりと寝込んでいるから、少しぐらい大きな声で喋ったって、起きる気遣いはないから安心をおしよ。……まあ、あたしが江戸から旦那に落籍《ひか》れてこっちへ来て、で、あたしのほうから願って、新さんとこう云うことになってさあ、まあ、おかみさんもああ云うことになって、済まないとは思ってはいるんだけどもねえ。けど新さんねえ、やっぱし、あたしは生涯おまえさんから離れないからね。いいかい？　おまえさんも、あたしを見捨てるなんて云う様な薄情なことをおしでないよ」

「馬鹿なことを言っちゃ、いけねえやな。見捨てるにも何も俺だって今は何だい。村中の者に嫌われてるんだ。近頃じゃぁ、中曽根《なかそね》村あたりの奴まで俺の面《つら》ぁ見るてぇと、横を向きゃあがんだい。いつ何時、先回りをされて向こう脛《ずね》でもかっぱわられやしねえかと、嫌で嫌でしょうがねえんだよ。いっそのこと、上州へでも飛ぼうか、あるいは江戸へ帰《けえ》ろうかちゃぁ、思っちゃいるんだが、おめえがここに居る以上、俺は他所《よそ》へは行かれやしねえやな。見捨てるなんてことをしやしねえよ」

「ねえ、実はねえ、おまえがあたしを見捨てないと云うんだったら、その証拠を見せてもらいたいんだよ」

「何だいその証拠を見せろと云うのは？」

「さあ、旦那だって未だ、五十七なんだよ。それほどの御爺《おんじい》という訳じゃなしねえ。もしもさぁ、運悪く病気が治ったら、この先、何年、あんな御爺の面倒を見なくちゃならないかと思うと、気が滅入るんだよ。だからおまえがあたしを見捨てないと云う証拠をさっ、今日はハッキリと、見せてもらいたい」

「だからさぁ、何だよ、その証拠を見せろと云うのは？」

「……新さん、……ウチの旦那を、……殺しておくれよ」

「……おい、馬鹿なことを言うなよ。そんなことが出来る訳がねえじゃねえか」

「何故、何故出来ないのさ？」

「『何で出来ねえの』ったって、おめえ、考《かん》げえたって分かるじゃないか？　えっ？　幾ら俺が見舞いと云う口実を設けて旦那のところへ来てもだよ、『新吉、おめえは優しい人間だ。しょっちゅう見舞いに来てくれる。おかみさんがあいうことになって、不自由だろう？　この帯を持ってって締めろ。この着物を、着てみろ』と、たとえ着古しにしろ、帯や着物をくれる親切な旦那、手にかけるなんてことは出来る訳がねえじゃないか」

「だから、おまえさんは薄情だってんだよ。実が無いから出来ないんだよ」

「実があるから、出来ねえんだよ」

「何言ってんだいこの人は？　訳の分かんないことを言って。新さん、さあ、こっちへおいで」

　こうなりますと、女のほうが図々しくな……、いや、ええ、あの何でございますが、あの、ずぅーっと度胸が定まりますんで、尻込みをしている新吉の手を引いて、名主・惣右衛門が休んでいる居間へ入って行く。惣右衛門は病疲れと薬の為に、すやすやすやすやすや寝息を立てている。お賤は枕元へ座りますと、

「……旦那、……旦那」

起きるか起きないか一声、二声、声をかける。相変わらず寝息を立てている。お賤は、細引きを一本取り出すますと、端を向こうの柱に結わえて、これをこっちへ持って来て、惣右衛門の首の下からこっちへ抜いて、もう一回向こうからこっちへ二度ばかりこう綾にして、こっちの端を新吉のほうに、こうっと投げてよこす。

さあ、新吉はこうなっちゃぁ、仕方がないと云うので、端を持ってこう構えている。

「旦那、旦那ぁぇー」

声をかけながら枕をバッと外すと、途端に新吉が、この細引きをぐぅうっと引いたものですから、惣右衛門は、仰向けに寝たまま虚空を摑んで、『あぁぁぁ』っと苦しがってる。

「新さん、おまえさん、それっぽっちの力じゃ駄目なんだよ。もっとぐっと力を入れるんだよ」

言われて今度は、中腰になって引いたんですが、足がつるっと滑るってぇと、ドシンとそこに尻餅をついて、

「ドジだね、この人は……」

……傍にありました小杉紙《こすぎがみ》を三帖《さんじょう》ばかり取りますと、これを水で浸して来たお賤が惣右衛門の顔の上にピタッと載せて、じっとしばらく様子をうかがって、……やがてこの紙を剝がしてみますと、もう、息は絶えておりました。細引きを外してみると、喉っ首のところに紫がかった筋が二本。お賤は台所へまいりまして水を汲んでくると、この水を手に付けてこの喉のところを、こう、さするように撫ぜておりますと、この紫がかった筋が段々段々消えて来まして……。

あの絞めたばかりですと、このくらいのことでも一応、消えることは消えるんだそうです。嘘だと思ったらお試しいただきたいと思いますがね。

「新さん、いいかい？　これを持って今日は他へ泊まるんだよ。で、明日になったら、知らん顔をして訪ねて来るんだよ」

新吉を逃がしておいて、すっかりと後片付けをいたしまして、足袋裸足《たびはだし》のまま御本家へ駆け込みまして、

「旦那様のご様子がおかしゅうございます。どうぞ、お出でを願いとう存じま

す」

　おかみさんをはじめ、倅・惣次郎、弟・惣吉、ちょうど来合わせておりました村の年寄り格の作右衛門などが駆け付けてまいりましたが、もう、間に合いませんで。……そりゃ、そうでしょ、殺した奴が知らせに来たんですからね、間に合う訳がございませんで。

　書き置きがございましたんで、出して読んでみますと、

〈あたしは老齢の病の為に、何時どのようなことになるか分からない。あたしが居なくなったそのあとは、倅・惣次郎に跡目相続をさせる。で、弟・惣吉は、兄の眼鏡にかなったところと養子縁組をすること。その他のことは、作右衛門と相談をして執り行うべし。形見分けはこれこれ、お賤は江戸からあたしが無理にこっちへ連れて来た人間、あたしが居なくなれば、こちらに居にくいだろうから、江戸に帰してやってくれ。帰るときには必ずお賤に五十両の金をつけてやること。で、新吉は大変親切な人間で、ちょいちょい見舞いに来てくれるなれども、……お賤と仲が良い為に不義密通をしていることを言うような奴が居るが、決してそんなことはない。あれの堅いのは、あたしが見抜いている。

　で、本葬は日を改めて執り行うとしても、密葬はその晩のうちに済ませるこ

と。湯灌は新吉一人に限る。親類といえども手出しは一切無用）と云う、妙な書き置きが出てまいりましてね。しかし、昔の田舎のことでございますから、こう云うことは守らなければいけないと云うので、すぐにこれを寺へ知らせまして、皆が本堂へ集まる。

「新吉さんよぉ、おめえ様はぁ、幸せな人だのう。遺言でもって、名主様の湯灌をまあ一人でやるちゅうでねえかな」

「ご親類の方でも一切立会いは無用と云うことになっておりますので、どうぞ、皆さんは御本堂のほうで」

湯灌場へ棺桶を運び込んで、蓋を取る。覗いてみると、惣右衛門が合掌を組んで、こうぅ、首を項垂《うなだ》れております。新吉は自分が手にかけたかと思うと、あまりいい心持ちはいたしませんでして、

「弱ったなぁ、どうも。……一人で湯灌やれってったって、どうやっていいんだか、分からねえなぁ。おらぁ、湯灌なんざ、やったことはねえよ。酒の燗ならやったことあるけどもなあ。……チッ、嫌《や》ぁなぁ。どうすりゃいいんだよ」

ぐずぐずぐずぐず言っておりますと、戸がスッと開いて、……顔を出しましたのが土手の甚蔵、

「新吉、……新吉！」

「わっ！　……おぅ、びっくりしたぁ。兄いか？」

「今、おらあ、本堂のほうで様子を伺《うかが》って来たんだが、おまえ、なんだって云うじゃねえか、形見分けもしっかりともらって、湯灌も一人でやるんだってな？」

「それで兄い、おらぁ困っているんだよ。湯灌なんてぇのは、やったことはねえんだから」

「あはは、そうだおめえに出来る訳がねえやな。第一《でえいち》、おめえ、湯灌なんてのは慣れた人間だって、一人じゃなかなか出来ねえや、なあ。盥《たらい》を伏せておいて、棺桶の中から仏様を抱いて出してその盥のところに胡坐《あぐら》をかかしてよ。仏様の身体をこっちの胸へ押しつけておいて、こっちの足でそれを挟んで、あばらの一本一本丁寧に洗ってやらなきゃならねえんだ。こらぁ、慣れてるもんだって一人じゃ出来ねえや。……どうだい？　おらぁ、手伝ってやろうか？」

「兄い、手伝ってくれるか？　ありがてぇ。助かる」

「じゃあ、俺がな、いいか？　仏様を抱くから、おめえ棺桶のケツぅ、引くんだぞ」

「……棺桶のケツ引くって、ど、どういう具合に？」

「だからよ、おれが、こう、仏様を抱くから、おめえが棺桶のケツをグッと引きゃぁいいんだ。その前に、おい、そこに盥《たれえ》があるだろ、盥《たれえ》が。その盥をこっちへ持って来い。……まあ、よし。伏せてそこへ置け。いいか？　じゃあ、おら、仏様を抱くからな。分かったな？

……旦那、お手伝いでございますよ。よっ。まだ、生温《なまあった》けえじゃないかな。……よっ、新吉、棺桶のケツ、引け」

「……出たぁ」

「出したんじゃねえかよ。さっ、よっ、どっこいしょのしょっと、あっ、へへっ、よし。さあ、水持って来い」

「うう、未だ水汲んでねえんだ」

「馬鹿だな、おめえは。水が無くてどうやって湯灌をするんだい。汲んで来いよ！」

言われて新吉は、手桶を提げて外へ出て行く。

「旦那、お手伝いでございますよ。……いい旦那だったよなあ。こんな立派な名主は、二度と出ねえし、近郷にも居やしねえや。しかし、人間病《やめえ》には勝てねえやなぁ。

旦那、お手伝いでございますよ」

と、ひょっと覗きますと、……惣右衛門の鼻からたらたらっと、鼻血が出ましたんで、

「何だ？　……鼻血が出てんじゃねえか。身内が来ると鼻血を出すってことは聞いてるが、おら身内でも何でもねえやな。それとも、隠し子かな？　そんな馬鹿なことはねえと思うに……。何だよ……、片方《かたっぽ》ばかりから出てるんじゃねえか。どうなってる？」

首をグッと上に持ち上げてみますと、一旦は消えたこの筋が、ありありとまた浮かび出ております。これをじっと見ていた土手の甚蔵。

「はぁっ、……兄い、み、水汲んできた」

「新吉、さあ、旦那の顔を見ろ。鼻血を出した」

「変なことをしなさんな、そんな。棒かなんかで突《つつ》いたんだろ？」

「そんなことしやしねえやな。……おい、旦那の喉っ首のところ、見てみろ。紫がかった筋が二本付いてらぁ……、筋が二本付いていて、鼻血を出したと云うこたぁ、こらぁ旦那病死じゃねえや。誰か旦那を手にかけた奴が居るんだ。このまま、湯灌をする訳にはいかねえ。本堂へ行って、このことを皆に知らせて来い」

「そんなこと、しねえほうがいいよ。ぁぁぁ、早えとこ、その、ゆ、ゆ、湯灌ってのをやってよ。早えとこ納めちまおうよ」

「そうはいかねえやなぁ。俺もおめえも、旦那には随分世話になってるんだ。人手にかかったんだったら、仇を討たなきゃならねえんだ。行って、呼んで来いよ。……早く行って来いよ！」

「……そんなぁ、や、藪を突いて蛇出すようなことしねえほうがいいよ。は、早えとこ、納めちまおうよ」

「……それとも何か？　おめえが手にかけたんなら、『殺《や》った』と言えよ。俺は何にも言わねえで、このまま棺《かん》に納めてやる。おめえが殺ったんじゃねえのか？」

「馬鹿なことを言うなよ。おらぁ、そんなことをする訳がねえ」

「だったら、呼んで来いよ。……しかしなぁ、おめえは男のくせに、気の小せえ人間だ。そこへ行くと、お賤は、女ながらも気の強《つえ》え女だ。

『……新吉っぁん、……女一人の力じゃあ、どうにもなりませんから、どうかそっちの端を引いてくださいよ』

って、へへっ、何てのは、よくある手だよな？　殺ったんじゃねえのか？」

「そんな、そんな馬鹿なことをした覚えはねえ」

「だったら、皆を呼んで来いよ。……なんなら俺が、この死骸《しげえ》を本堂へ担ぎ込もうか？」

「……手伝っただけなんだい……」

「何？」

「……手伝っただけなんだい……」

「手伝っただけ？　じゃ、お賤が殺ったんだな？　……ようし、分かった」

聞くと土手の甚蔵、がばっと水をかけて、お髪剃《こうずり》の真似事をして、棺へ納めてしまった為に、このことを知っているのは、土手の甚蔵、唯一人。

七日も過ぎた時分に土手の甚蔵、博打ですっからかんになって、もう、着る着物も無いと云うので、着物の代わりに馬の腹掛けを身体に巻きまして、背中のところに太輪《ふとわ》に抱茗荷《だきみょうが》の紋が出ているという妙な出で立ちをして、お賤の家の前へ、

「え〜、ごめんくださいまし。……チッ、え〜、ごめんくださいまし」

「はい。どなた……、ふふっ、ははっ、甚蔵さんじゃないか、おめずらしいね。ちょっと、新吉さん、甚蔵さんが見えたよ」

新吉は、人が居ないときには長火鉢の前へ座って亭主然としてますが、人が来ると部屋の隅のほうでもって、居候然としてまして、土手の甚蔵と聞いて、新吉は、ドキッと来まして……、

「どうも、……姐さん、この度ゃぁ、旦那がお気の毒でございましたねえ。まだ、五十七だそうですが……。五十七じゃ定命《じょうみょう》とは言えないが、病《やめえ》には勝てませんね。良い旦那でした。いあや、怖《こえ》えことも怖かった。あっしはどのくらい旦那に怒られた覚えがあるか分からねえ、

『甚蔵！　悪いことをすると、村ぇ置かねえぞ！』

なんて、怒られましたね。まあ、怖えことも怖かったが、まっ、親切で優しいところもあって、あっしはどのくれえ旦那から、へへへへへ、お小遣《こづけ》えを頂戴したか、分からねえんすね、ああ、良い旦……、

おう……、何だ新吉じゃねえか？　そんなところに居たのかい？」

「……兄い、まあ、ゆっくり一服してってくれ」

「姐さんの前ですが、あっしと新吉とは兄弟分《きょうでえぶん》でございましてね。まあ、おたげえに貧乏な仲だけれども、金のあるときにはあるほうが、『おう、これを持ってって使え』何てくれえのもんでございましてね。新吉のことを悪く言う様な奴

が居たら、あっしはねえ、半殺しの目にあわしたって構わねえと思ってる、ええ。……え？　こらぁ、どうも恐れ入ります。ええ、いえいえ、しばらく茶なんざ、飲んだことありませんぜ、へへ。……頂きますんで、ありがとう存じます。……良い色をしてますね。頂戴します。……良い茶ですねぇ、流石に江戸っ子だぁ、口が奢ってらぁ。村の奴らはドジな奴ばかりそろっているから、生涯《しょうげえ》かかったってこんないい茶を、へへ、口に出来る訳がねえんだ。ぁぁ、美味《うめ》え茶ですね、こりゃ。……はじめて伺いましたが、良いお宅ですねえ」

「幾ら良い家を建ててもらっても、旦那に死なれてしまっては、どうにも仕方がありませんよ。これから先、どうやって生きていけばいいかと一人になると、泣くことだって度々あるんですよ」

「そうでしょ、そうでしょう。新吉、姐さんが気の毒だ。よぉーく、お慰めをしろよ。

まあ、こんなときに、……言い難いんでございますが、旦那がいらっしゃれば、旦那にお願《ねげ》えをするんだがね。あっしの姿《なり》を見てください。人間が馬の腹掛けぇ身体に巻くようになっちゃおしめえだ、ねえ？　へへっ、へえ、……申し訳がございませんが、少ぉしい、お小遣えを頂戴してえと思ってましてね」

「困りましたね……。今も言う通り、あたしだって旦那に死なれて、まあ、お金なんぞありゃしませんが、甚蔵さんのたっての頼みですから、まぁ、何の足しにはならないでしょうけれども、……まぁ、このくらいのことしか出来ませんので、これで、一杯飲んでくださいな」

「これはどうも、ありがとう存じます。

新吉、姐さんによぉく礼を言っておいてくれ。まあ、今も言う通り、旦那がいらっしゃればねえ、旦那にお願《ねげ》えをするんだが、旦那が居な……。もし、お賤さん、これは二朱が二っ粒……、一分でござんすな?」

「ええ」

「へへ、……一分や二分もらったって、頬返《ほおげえ》しがつかねえや。これじゃあ、もらわねえほうがいい。へへへっ、お返《けえ》ししましょう」

「一分じゃいけないと言うんですか? だったら幾ら欲しいと仰るのです?」

「幾ら欲しいたってねえ。そっちは出すほうだ。一文だって少ねえほうがいいでしょう? こっちはもらうほうだよ。少しだって多いほうがいい。まあ、幾らと言われて筋が一本十五両として、三十両はおもらい申してぇと思ってね」

「三十両？　ふふ、甚蔵さん、馬鹿なことをお言いでないよ。あたしとおまえさんとは、何なんだい？　赤の他人様ですよ。赤の他人がいきなり家へ入って来て、『三十両欲しい』、『ああ、左様でございますか』、出す馬鹿がどこに居るんだい？　あたしも江戸に居る頃には随分物もらいも来ました。一分やれば大概の者が礼を言って帰りました。一分でいけないんだったら、もう一文も出せません。お帰りください。

新吉さん、帰っておもらい。冗談じゃないよ。ふん、女一人だと思って馬鹿におしでないよ。あたしとおまえさんとは、赤の他人なんだよ。何だって赤の他人様に、三十両の金を出さなきゃならないんだい？」

「そりゃまぁねえ、お賤さんとあっしとは赤の他人かぁ知らねえが、無理に付けようと思えば付かねえことはねえんだ。新吉とあっしは兄弟分でござんすんでね。ま、その縁で三十両おもれえ申してえと思って……」

「そりゃぁ、新吉さんとおまえさんとは兄弟分か何かは知らないけれども、あたしとおまえさんとは他人なんだよ。一分でいけなかったら出せません。お帰り、お帰り。……帰ってくださいよ。ふん、あたしゃぁね、おまえさんに三十両出さなきゃならないような弱い尻はこれっぽっちも無いんだよ。博打の胴を引いた訳じゃなし、淫売の宿貸しをした訳じゃなし、……お帰りください！」

「……『帰《けえ》れ』ってんなら、帰《けえ》りますけれどもね。

やいっ！　新吉！　てめえもっとこっちへ」

「おっ、大きな声、あっ、お……」

「何言ってやんでえ！　俺が入《へえ》って来たら、黙って金出すのは当たり前《めえ》じゃねえか！」

「兄いは、そう言うけれど、実は、お賤は、こね間《えだ》のことを知らねえんだよ。訳が分かんないんだ。なっ？　俺が未だ話をしてなかったんだから、なっ？　兄い、勘弁してくれ。俺が暮れ方になったら、おめえのところに金ぇ持ってくから」

「本当に持ってくるか？」

「本当に持ってく」

「持ってこないと、俺《おら》、ただおかねえぞ。

じゃあ、まぁ、今はこのまま引き揚げますけれどもね。お賤さん、……人間芯から悪いってのは、博打の胴引いたり、淫売《いんべえ》の宿貸しをすることじゃねえんだい。間男をしたり、人殺しをすることが本当に悪いと云う……」

「……そんなこと言わねえで、早く帰《けえ》ってくれ。ああ、ああ、驚いたぁ。ああ、驚いたぁ！」

「新吉っつぁん、何だっておまえさん、あんな奴にヘラヘラヘラヘラするんだい？　おまえがヘラヘラするから、甚蔵なんかが頭《ず》に逆上《のぼ》せるんじゃないか？」

「お賤さんは、そう言うけれども、あいつには三十両出さなきゃならねえ訳があるんだよ」

「何だって、あたしがあんな奴に三十両出さなきゃならない訳があるんだよ？」

「実はこの間、湯灌のときに甚蔵の奴に……見《め》っかっちまったんだよ。……問い詰められたから、おらぁ、あのことも……甚蔵にみんな喋っちまった」

「あらあらあらあらしょうがないね、この人は！　あそこまで持って行くのには、旦那が生前中からどのくらいあたしが苦労したか知れないじゃないか！　何だって、そんな種明かしをしちまうんだい？」

「え～、『しちまうんだい』ってだって、『死骸《しげえ》を本堂に担ぎ込む』って…」

「担ぎ込ませりゃいいじゃないか。あたしゃぁ、何を言われても『知りません』で押し通そうじゃないか？　チッ、……何だね、本当に。……あんな奴に三十両の金を渡してごらん。しょっちゅう来るよ。来る度《たんび》に大きな声を出されて人に聞かれれば、『来る度に大きな声を出して、どうもおかしい』、目明かしだってなんだって居るんだから、訴えられてさ、あいつがしょっ引かれて折檻されたら、白状しない訳にはいかないよぉ〜。……困ったねぇ〜。何かいい思案がないかね？」

「その思案がねえから困ってんじゃねえか。……ぅぅぅ、何かねえか？」

「ないかなって言ったって、本当に……、どうして、おまえさんは、そう気……

（膝を叩く）新さん、耳をお貸し」

「えっ？」

「耳をお貸し」

「どっちの？」

「どっちだって構わないから、お貸しよ」

「何だい……、うん………、え？　うんうん、……うん、あの、あんだ……うん、……そいつは、上手《うめ》えや」

「いいかい、落ち着いてやるんだよ。ちょっとでもおまえさんが気振りに出すと相手に気づかれるよ。気づかれるとおまえさんの命が危なくなるよ。分かったね？」

「大丈夫だ。お、おら、落ち着いてやるから……」

どういう相談が出来ましたのか、暮れ方になりますてぇと、新吉は着替えを済まし、惣右衛門が使っていた短い脇差を一本腰に差しますと、土手の甚蔵の家へ、

「兄い、居るかい？　兄い、居るか？」

「おう、誰だ……。よお、新吉か？　こっちへ入《へえ》れ、こっちへ。下駄か、草履か？　いやいや、脱がなくていい。そのまま、上がって来いよ。畳なんか敷《ひ》いてありゃしない。根太板《ねだいた》だけだなぁ、掃除なんざしたことはねえんだ。何でもいいからそこへ腰掛けろぃ」

「兄い、困るよ。家へ来て大きな声を出されちゃよう。誰かに聞かれたら、みっともねえじゃねえか」

「『じゃねえか』って、お賤の女《あま》、あんまり変なことを言うから本当に、腹立てて怒鳴ったんだ。俺が行ったらスッと金を出すのは、当たり前じゃねえか」

「さっきも言う通り、おりゃ黙ってたんだ。お賤は知らねえんだよ。で、兄いが帰《けえ》っちゃってから、おりゃぁ、お賤にそう言ったら、おりゃぁ、お賤に怒られたよ。

『何だってそう云うことを黙っているんだ。知らないから、甚蔵さんには悪いこ

とを言っちゃった。おめえから、よおく謝っておいてくれ』

って、お賤が謝っていたよ。……で、お賤が言うのには、

『今、甚蔵さんに十や二十の金を渡したって、焼け石に水だ。まとまった金を渡すから、それでキレイに方をつけて、堅気になるつもりはないのかしら』

と、お賤が心配《しんぺえ》してたよ」

「そりゃぁおめえ、こっちだって、何時までもこんな馬鹿なことをしちゃいられねえ。一日でも早く堅気にはなりてぇと思うけれども、先立つものがなきゃ、堅気にだってなれねえやなぁ」

「だから、今も言う通り、お賤が金出すから堅気になれってんだ」

「……で、お賤は俺に幾ら出すってんだい？」

「……百両出すって」

「百両!?（手を打つ）こりゃぁ、ありがてぇやぁ。百両もらえりゃ、おりゃ立派に堅気になってみせる。こらぁ、ありがてぇ。さあ、その金もらおうじゃねぇか」

「今、ここには無《ね》えんだ」

「おっ、何だ、この馬鹿野郎！」

「大きな声を、兄い出すからいけねえ。お、俺の話をよく聞きなよ。旦那が生前中にお賤に言ったんだと、『俺が居なくなったその後は、暮らしに困るだろうから』と、あの、……根本《ねもと》の聖天山《しょうでんやま》、あの頂上の……あの、何だよ、ほらぁ、手水《ちょうず》鉢《ばち》があるじゃねえか。あの右側に金が二百両埋めてあるんだと、手水鉢のところに。で、その二百両を掘り出して、使えって言われてんだと、だからその金を掘り出して、兄いが百両、こっちが百両、三人で江戸へ行って親類づきあいをして悪事は言うまい、聴きますまいってんで、親戚づきあいがしてぇと、こう言うんだ」

「ふぅん、旦那はお賤に惚れてたんだなぁ。俺が居なくなって困るだろうから何てのは、惚れきってたんだな。そうかい？」

「で、兄いの前だが、これから先、あの辺は自然薯掘《じねんじょほり》が来て掘り返したり何かするが、どうしよう？」

「じゃ、直ぐに行って掘り出そうじゃない」

「あの、鍬《くわ》か鋤《すき》があるかな？」

「えっ？　おっ、そこに鋤があるから、あれを持って行け」

二人が鋤を担いで、根本の聖天山、麓から頂上まで二十丁と云いますから、まっ、メートル法にいたしますと、二キロちょっとでございますか……。頂上へ辿り着きますと、うっそうと茂った森、反対側に周ってみますと空には皓々《こうこう》と月が照り輝いている。下には鬼怒川の流れ。月の光がさざ波にあたってキラキラキラキラ、まことに良い景色ですけども、山の上と云うものは幾らか寒いものでございまして、

「うう……、何だ新吉、山の上ってのは意外《いげえ》と冷えるものだなぁ」

「これから穴を掘るってぇと、暖かくなるよ」

「ふん、憎まれ口を利いてやがる。さぁ、急いで掘ろうじゃねえか？」

これから、二人が代わり番こに、ボコボコボコボコ穴を掘りはじめたんですが、幾ら掘っても出て来ない。そらぁ、そうでしょ？　端《はな》から無い金なんですからねえ。出る訳がございませんで。もう終いには、二人とも汗びっしょりになりまして……、

「ああ、かぁぁ、ああ、……新吉！　幾ら掘ったって出て来やしねえじゃねえか！」

「かぁぁぁ、……出て来ないねぇ」

「『出て来ねえ』じゃねえやな、本当にまあ、……喉がカラカラで引っ付きそう

でえ。手水鉢の右側だって、そう言ったのかい？」

「言った」

「『言った』って、出て来ねえじゃねえか！」

「いや、確かに『右側』って言った。……向こうから見て右かな？」

「何を言ってやんだい!?　こいつは本当にまあ、無駄骨を折らせやがって、まあ、冗談じゃない。はあー、こりゃ堪んねえ。おい、どっかその辺に水はねえか？」

「『水はねえか？』って、誰もお参りになんか来やしねえ。手水鉢はカラカラだよ。ちょいと待ってくれ、今、どっかで……、どっかで、水……、兄い、兄い！」

「何だよ」

「ここへ来て、この崖の下を見てみな。途中に幾らか出っ張りがあって、そっから、煙管《キセル》の先から水が出るようにちょろちょろちょろちょろ水が出ているが、あれは湧水だろうなあ？　あれえ、飲んだら冷たくて美味《うめ》えだろうなあ」

「ええ？　なるほどなぁ、水が出てらぁなぁ。けど、おめえ、あそこへ降りる道なんぞありゃしねえじゃないか？」

「うん」

「降りられる訳がねえやな」

「そんなぁ、降りられるわ……、いやぁ、兄い、降りて降りられないことは、ねえと思うよ。そこに松の木や柏の木があって、そっから藤蔓《ふじづる》だの、野蔓《のづる》の蔦《つた》がずぅっと下へ下がっている。あれ、こう伝わって、足がかりを固めてあの出っ張りを足がかりにして、飲んだら、飲んで飲めねえことはねえと思うんだが……」

「うぅん？　蔦ぁ、伝わって……。なるほどなぁ、……新吉、おめえの知恵じゃねえようだなまるで。よし、俺がまぁ、行ってくるから、……おい、その柄杓を取ってくれ」

　この蔦を伝わって、土手の甚蔵、下へ降りてまいりまして、この出っ張りを足掛かりにして、

「おい！　……今、やっと着いたところだ」

「兄い、どうしたい？」

「大丈夫《でえじょうぶ》だ。今ぁ、足がかりを固めたところだから、これから飲んでみるから な、ちょぃと待っててくれ。……ぁ、……ああ、美味《うめ》え！　新吉ぃ！　甘露《かんろ》だぞ！ おまえも降りて来て飲めよ！」

「済まないけれど兄い、俺に一杯《いっぺえ》、汲んで来てくれないか？　いや、兄いに無駄骨を折らしちゃったから、今、おらぁ、途中まで反対側の右側ぁ掘り出したんだ。兄いが上がって来るまでに掘り当てとくから、一杯汲んで来てくれよ！」

「んにゃろう、本当にまあ、贅沢なことばかり言ってやがんなぁ。じゃあ、掘り出しておけよぉ。今、おらぁ、汲んでいくから」

柄杓に汲みますと、これをこぼさないようにと、横に口にくわえて、今度はこの蔦を伝わって上にあがって来る。上からこれをじっと見ておりました新吉が、今、甚蔵が足場の悪いところにかかったなと思うと、腰に差しておりました脇差を抜くと、この蔓をプッッ、プッッ、プッッと切ったもんですから、土手の甚蔵、ガラガラガラァァァ、もんどりをうって崖下へ落ちていく。新吉は、辺《あた》りにございますこのくらいの石を四つばかり下へ落とす。途端に、雲が月にスッとかかって、薄暗くなる。潮時だと云うので、脇差《これ》を鞘に納めて、山を下ってまいりまして、

「(戸を叩く) お賤さん、俺だ！　新吉だ！」

「新さんかい？　お待ち。今、開けてあげるから。さあ、こっちへお入り……。どうしたい？　上手くいったかい？」

「……はぁ、はぁ、上手くいった」

「あれも、やっといたかい？」

「やっといた。このぐれえの大きな石を、四つばかり下へ落としといた」

「……そうかい、いくら不死身の甚蔵だって、あの石に当たれば一たまりもありゃしないよ。いいえ、たとえ石に当たらなくたって、崖の途中には石の出っ張りや何かがあるんだから、助かる訳がないよ。これで、あたしもおまえも、安心して暮らすことが出来る。そこに水が汲んであるから、足をお洗い」

新吉が足を洗って上へあがりますと、金盥に熱いお湯をとって、これを手拭ですっかり絞ると、新吉の身体をこう拭いてやりまして、浴衣の上に単物《ひとえもの》を重ね着して、新吉に着せてやる。

「……はぁ、ありがてえ、ありがてえ。……これで、さっぱりした。はぁ、ありがてえ」

「新さん、お膳の仕度がしてあるんだよ。さあ、一杯飲もうじゃないか？」

二人でもって、ちびちびちびちび飲みはじめて、しばらく飲んでから、

「新さぁん、遅くなるといけないから、もうそろそろ休もうじゃないか？　今、あたしが床をのべるから……」

お賤が布団を敷《ひ》いている間、新吉は、縁側へ出ますと庭のほうをじっと見ておりますと、低い生け垣がございます。その向こうに、葦蘆《よしあし》が生えている。その葦蘆のところを、バリバリ、バリバリ、ガサガサ、バリバリ……、

「何だか知らないけど、向こうでバリバリバリバリ、音がするんだ。何だろうな？」

「何、この人はぁ、男のくせに気が小さいねぇ。御本家の犬が遊びに来たんだよ」

「ええ、犬にしちゃ馬鹿に音が大きいが」

バリバリッ、バリバリッ！　何だろうと眼を凝らして見てますと、どこをどう助かったのか、土手の甚蔵、元結《もっとい》が切れてざんばら髪、石か何かでもって、額《ここ》を打ったと見えて眉間が割れてこれから、馬の腹掛けにかけまして血が流れている。生垣をかき分けて、ぬうっと出て来たときに、かかっていた雲がスッと晴れて、月が皓々と照りはじめた。これを見た、まあ、新吉が驚いたのなんの！

「てえへんだ！　土手の甚蔵がぁ、上がってきた」

「おまえさん、あいつを家へ入れちゃいけないよ。あいつを家へ入れると、えらいことになるから、出てって殺しておしまい」

「馬鹿なこと言うんじゃない！　俺のほうが殺されてしまう」

「いいかい、決して入れちゃいけないいから、殺しておしまい」

お賤は新吉を押し出しますと、雨戸をピタッと閉めてしまう。新吉が、今、外へ出る。甚蔵が、今、家へ入ろうとバッタリと顔が合いまして、

「やい、この野郎！　……プッ、てめえ……、よくも俺を騙しやがったな！」

「兄い、勘弁してくれ……、ちょっとした手違えだったんだ」

「何を抜かしやがんでい、畜生めぇ！　お賤、首を長くして待ってろよ。新吉を片づけた後で、おめえもあの世へ送ってやるから、覚悟してろ」

ぐいぐいぐいぐい、新吉を押し付ける。下に石があったとみえて、これで足をとられた新吉が、そこへ仰向けに倒れる。馬乗りになりました土手の甚蔵が、

「新吉、覚悟をしろ！」

出刃を振り上げる、途端に。ドォーンと一発の銃声。見事に土手の甚蔵の胸板をぶち抜きます。甚蔵はそこへばたっと倒れる。ややあって、土手の甚蔵が、こぉう、起き上がってぇ、片手で生えている草を摑んで、片手で出刃包丁を持って、幾らか反身になったかと思うと、ブルルッと身体を震わせて、口からカァッと血反吐を吐いてバッタリ倒れて、こと切れます。新吉は、一瞬自分が撃たれた

のではないかと、ぼうっとしておりましたが、ハッと気がついて、

「……ぉ、俺じゃなかったんだ。……俺が撃たれたんじゃなかったんだ、しかし、あの鉄砲は？　いったい誰が撃ったんだろう？　あれは、誰が撃ったんだろう？」

　と、ひょっと向こうを見ると、未だ筒先から青白い煙の立ち上っている種子島の鉄砲を小脇に抱えて、スッと立ち上がった者……、果たして何者でございましょうか？　次回で申し上げることになっております。『聖天山』でございます。お時間でございます。

真景累ヶ淵　お熊の懺悔

口演年月日
平成二十九年　七月十六日　圓朝祭　他

ご案内の通り、我々落語界の神様と言われている三遊亭圓朝師匠の御作《おさく》でございます『怪談・真景累ヶ淵』、え〜、第七話、最終話でございます。……で、実を申しますと、お亡くなりになりました六代目三遊亭圓生師匠も、それから正蔵から彦六におなりになった林家彦六師匠も、この前の『聖天山』まではお演《や》りになっているんですね。ところがそのあとを。どなたもお演りになっていませんで……。

前にある方が調べてくださいました。この『お熊の懺悔』を演るのは、圓朝師匠以来ではないかと言われましたけれど……。まぁ、ですから、今日お見えのお客様も多分、お耳新しいと思いますが、ただ、圓朝師匠を……聴いた方がいらっしゃれば……、これは話は別でございますがね。今年令和元年、没後百十九年でございます。でも、日本は長寿国でございますんで、もしかすると今日は、お一人ぐらいはいらっしゃるんじゃないかと思ってますが……。

まあ、これも正直に申しますと、残っているのが速記本だけでございます。で、この場面は、速記本の中にはほんのちょっとしか載《で》てないんですね。で、何故、あたくしが手掛けたかと云いますと、後ほど聴いて頂く、あるいは今までお聴きくださったお客様はお分かりだと思いますが、主役の「お賤」と「新吉」の方《かた》をつけたい。これが為に、この『お熊の懺悔』を入れてみました。

まあまあ、少し手を加えてございますが、こういうところもあると云うことを、一つ、ご記憶にとどめておいて頂きたいと思いますが……。

お賤の入れ知恵で、聖天山のてっぺんから新吉が土手の甚蔵を崖から突き落として、死んだと思ってほっとしている二人のところへ、何処をどう助かったのか土手の甚蔵、

「新吉、よくも騙しやがったな！　てめえの命は俺がもらった。覚悟しろ！」

と、出刃包丁を振り上げる途端に、ドォーンと云う一発の銃声……。見事に、甚蔵の胸板をぶち抜きます。土手の甚蔵、血反吐を吐いてこと切れました。

新吉は、一瞬自分が撃たれたのではないかと、ぼおっとしておりましたが、ふっと気がついて、

（俺じゃあなかったんだ。しかし、今の鉄砲は誰が撃ったんだろう。野兎でも狙った猟師の弾が外れて、甚蔵に当たったのかしら？　誰があれを撃ったんだろう）

と、あたりを見回しますと、向こうのほうで種子島の鉄砲を小脇に抱え込ん

で、未だ筒先から青白い煙の上っている鉄砲を持って、スッと立ち上がった者……、

「おめえは、お賤！」

「新さん、……怪我は無かったかい？」

「じゃあ、何か、今、撃ったのは、おめえか？」

「そうなんだよ。実はね、旦那が生前中からこの鉄砲で、小鳥を撃ったり、小さな獣を撃って遊んでいたんだよ。

『お賤、おまえもやってみろ』

と、何遍か教わって引き金を引いたこともある。今、弾込《たまご》めをしてあったことを、ふっと思い出したんで、身近で撃ったんで狙いが違わず、甚蔵に当たったんだよ」

「……そうか、おらぁ、おめえのおかげで助かった。ああ、ありがてえ。……しかしな、お賤、もうここには居られねえ」

「あたしだって、こんなところに居る気はさらさらないから。蓄えのお金もあるから、さあ、新さん、二人でここを逃げ出そうじゃないか」

と、ふたりが、これから蓄えの金、金目の物、着る物をひとまとめにいたしま

して、夜明け前に、お賤、新吉は姿をくらましました。

明くる朝になりまして、鬼怒川の崖下に土手の甚蔵の死骸を見つけたお百姓さん、えらい騒ぎになりまして、代官所からお役人も出張ってまいりまして、お調べになったのですが、土手の甚蔵、生きているうちから悪事の酬《むく》いで、さほどお調べにもならず、法蔵寺《ほうぞうじ》様に葬られたんですが、これはもう、「投げ込み」同様でございます。悲しむ者なんざ、一人も居りませんでして、

「なあに、あの野郎が死んでくれりゃぁ、おらたちゃこれから安心して暮らしていける」

と、喜ぶ者ばかりでございます。

お賤と新吉が居なくなったのは、（あれは浮気をしている者同士の駆け落ち）だからと、云うので、これもさほどのお調べも無く、うやむやに終わってしまいまして、もう、今では、人の噂にものぼらなくなりました。

月日が流れて、お賤、新吉が姿をくらましましてから、七年と云う歳月が流れました。……喇ってのは早いですね。あっと言う間に七年経っちゃったんですから。ですから、お客様方も、（ああ、二人が居なくなってからもう七年経ったんだなあ）と、頭の中に憶えといていただきたいと思いますが……。もっとも前

に、こう言いましたならば、

「未だ十分も経ってない」

って、言われたことがありますけど……。営業妨害だと思います。


ここは下総の松戸の傍に戸《と》ヶ崎《さき》村と云うところがございまして……。で、ここに、この「小僧弁天」と云う弁天様がある。で、そのちょっと手前に一軒の掛け茶屋がございまして、住まいではございませんで、掛け茶屋でして、しかし、奥のほうには上がりがあると見えまして、二畳ばかりの上がりが拵えてある。葦《よし》の衝立《ついたて》が立っている。入ってまいりました一人の馬子が、

「婆様よぉ～、すまねえけんどもなあ、暫くなぁ、休ませてもらうだでな」

「あ～れ、よぉ、誰かと思ったれば、作（蔵）さんでねえかよお。暫くだのおぅ。おめえ、どうしていただよ?」

「やあ、無沙汰してすまねえなぁ。なあにこっちのほうさ来る用が無かったもんだでなぁ。今おらぁ、新高野《しんこうや》まで、客一人送って行っただよ。あとで迎《むけ》えに行って、今度はその客乗せて、松戸の宿まで送って行かねばなんねえだ。ちょっくら間があるだでな。休ませてもらうべえと思って……。いやぁ、おらが休むでねえ

だ。この馬に休んでもらうだよ。だらしのねえ人間だぁな、馬に食《やろう》わしてもらってるだでな。粗末には出来ねえだね。あはは、休んでもらうだよ。どうよ、どうどう、どう」

「そうけえ、ま、ゆっくり休んでいくがいいやな。……ところで、作（蔵）さんよぉ、おら、おめえに頼みがあるちゅうのはよお、ウチの爺様、ここのところ、『腰が痛《いて》え。腰が痛え』って、病んでるだよ。相撲膏薬買って来て、ウチに帰《けえ》って爺様に貼ってやりてえと思うで、どうだんべえのう？　膏薬買ってくる間、店番しててもらう訳にはいがねえかのう？」

「おおう、構わねえから、行って来なせえな。おら、未だ客迎《むけ》えに行くのには、間があるだでな。店番してるだで。行って来るがいいやな」

「そうけえ、済まねえの。ほんだれば、ここさあ、お茶入れとくで、ゆっくり飲んでってくらせえよ」

「婆さんもゆっくり行って来るがいいよ。やあ、急《せ》いて転ぶって云うとえれえことになるだでな。ゆっくり行くがいいや。

……へへっ、達者な婆様だぁな……。もう幾つになっただぁ？　幾らか背中が丸くなって来たようだけんども、達者な婆様だあなあ、ふふふっ。（煙管《キセル》で一服）あああ、美味《うめ》え。煙草は美味えなぁ。……こんな美味えもの、やめろ、やめろってまぁ、口煩《うるさ》く言う野郎が居るだで、気が知れねえやほんとにまあ。……ああ、美味え」

「……作（蔵）……、おい、……作」

「……誰でえ、おらのことを呼ばったのは？　誰でえ！　おらのことを　呼ばったのはよお！」

　葦の衝立の陰に、歳の頃なら三十ちょっとの男、蛇形《じゃがた》の単衣《ひとえ》に博多の紺献上《こんけんじょう》の帯を締めまして、結城平《ゆうきひら》の合羽《かっぱ》を着まして、そばに小さな振り分け荷物。傍らに居ります女は、二十八、九でございましょうか、髪《あたま》を達磨返《だるまがえ》しに結いまして、鳴《なる》海《み》の単衣に黒繻子《くろじゅす》の帯をひっかけに結んで、二人で一杯飲んでいる夫婦連れの旅人のようでございまして……、

「誰でえ、おらの名前《なめえ》呼んだのはよお？」

「……作、ふふふ、俺だよ」

「……あれえ、（手を打つ）おめえ様、新吉兄いでねえかよ？　うん、まあ、暫《すばら》くだぁ。おめえ様は、お賤様。えらいよお、暫くだのう」

「作さぁん、暫くだねえ。相変わらずだね、おまえも」

「はぁー、暫くだ。何けぇ、おめえたちは念願かなってぇ、夫婦《ひいふ》になったかのう？　……そうけえ。……ところで、兄い、おめえ、今、どこに居るだよ？」

「……どこに居るたって、落ち着き先のねえ風来人間で、どうにもこうにもしょうがねえや。堅気になりたくても、先立つモノがねえからなぁ……。ところで、おい、作、おめえ、何だってこんなところに居るんだよ？」

「実はよ、兄いも知ってる羽生村の三蔵様のおふくろ様がこね間亡《えだ》くなっただよ。そのお骨を高野へ納めようとちゅうて、おらぁ、さっき新高野まで送ってっただ。そこでたっぷりと経をあげてもらって、今度は本当の紀州の高野へ納めに行くちゅうで、長年あそこへ勤めている、まあ、なんだ、与助、供に連れて……、まあ、あの様子じゃぁ、どうも、祠堂金《しどうきん》もたんまりと持っている様子だ。おらあ、あとでもって、何だよ、新高野まで迎《むけ》えに行ってよ、三蔵様乗せて松戸の宿まで送って行かねばなんねえだよ」

「……じゃあ、何か？　おめえ、三蔵を乗せて、又ここを通るのか？」

「おおう、松戸の宿まで送って行くだかんのう」

「……ぉぃ、……作、……耳貸せ」

「……ぇっ」

「耳貸せよ」

「どっちの？」

「いや、どっちだって構わねいから貸しなよ」

「内緒話《ねえしょばなし》けえ？　野郎同士の内緒話じゃあ、色気も何にも無えの。『貸せ』ってんなら、貸すべえやぁ。別に減るもんでねえだかんなあ。どんな話だ？

……うん、……ええ、うん。……ほうだよ、（驚く）、……そらぁ、……おっかねえね？」

「いいか？　このちょいと先が、利根へ流れ込んでいる枝川だ。その辺まで来たら、『馬に水飲ませる』とか何とか言って、乗せてる三蔵を下へ降ろせ。あとはこの俺に任せておけ。……分かったかい？」

「……けど、兄いはそう言うけんども、……おっかねえのう」

「そうかい……、上手くいったらおまえに……、三十両やろうじゃないか」

「……三十両くれると言うけ？　……三十両、三十両あったりば、大い金《えけ》だのう。生涯《しょうげえ》かかったってお目にかかることは出来ねえだ。本当にくれるけ？　……三十両。（じっと考え、自分の頬を二度叩く）三十両くれるのなら、お、おら、やるべ」

「やるか？　よし。じゃあ、そのあたりに来たらな、……何か合図しろ」

「分かってるわ。……その枝川の近辺さ来たれば、少し大け《え》え声で喋るから、それが合図《えいず》だと思ってもらいてえだ」

「よーし、分かった。じゃあな……、シィー……、余計なことを喋るな。茶店の婆さん、帰《けえ》って来た。喋るんじゃねえぞ」

「お婆さん、お婆さん！」

「あれまあよう、作（蔵）さんよ、すまなかったのう」

「さあ、お代はここへ置きますよ」と、三人は茶店をあとにいたしまして……。

新吉とお賤は、小僧弁天の裏手の草むらに身を沈めて潜んでいる。しばらく経ちますと茶店のお婆さんが店を片付けて、村のほうへ引き揚げていく。しばらく経ちますと段々段々、日が暮れてまいりまして、馬の背中に羽生村の三蔵を乗せました作蔵が、

「与助さんよぉ。おめえ様ぁ、長《なげ》えこと、羽生村の旦那様のところさ、奉公ぶってるけんども、五十（歳）を一つか二つ、超えなすったかのう？」

「んふふ、なぁにぃ、おらぁ、こう見えたって、もう六十に近《ちけ》えだよ」

「あれえ、まあ、達者なもんだのう。

羽生村の旦那様ぁ、おら、馬に水飲ませてやりてえだが、すまねえけんども、ちょっくら下へ、降りてもらう訳にいがなかんべえかのぅ？」

「そうかい？　いや、降ろしてもらおうか。あたしも草臥《くたび》れたんでね。一服しようと思っていたんだ。じゃあ、降ろしておくれ」

……これを見て、草むらに忍んでおりました新吉が、いきなり飛び出してまいりますと、奉公人の与助の腰をドォーンと突いたものですから、与助はもんどりを撃って川の中に放り込まれる。「あっ」と言って驚いている羽生村の三蔵の後ろに回った新吉が、差しておりました脇差を抜くと、ものをも言わずに三蔵の肩先に、ザックリと斬りつける。……川から這い上がってまいりました与助は、歳はとっておりますけれど、力がございますんで、（主人が危ない）と云うので、これも、腰に差していた短い奴を抜くと、新吉の後ろから斬りつけようと思う……、これを見たお賤が飛び出してまいりまして、与助の髻《たぶさ》を摑むと後ろへ引き倒しまして、「何をするんだ」と倒れながらでも、与助は手に触りました石をとると、振り向きざまにお賤の顔をこの石でバァーンと打ちましたんで、お賤は顔から火の出るような痛みを覚えて、ハァーッと言うと、そこへしゃがみこむ。

これを見た馬方の作蔵が飛び出してまいりまして、与助のあばらをバァーンと蹴ったもんですから与助は、「うぅぅん」と言うと、そこへバッタリ倒れる。……新吉は、三蔵に馬乗りになりますと、とどめを刺しておいて、懐から胴巻きを抜き出すと自分の懐に入れる。……この死骸を川の中に放り込んでしまって、

「(手を叩いて) おい、お賤、おまえ、大丈夫《でえじょうぶ》か？ ……大丈夫か？」

「……大丈夫じゃないよ、……痛いたってありゃしないよ。与助の奴が、……与助の奴がいきなり、あたしの顔を石で殴るんだもん。痛いのなんと言って」

「だから、言ったじゃねえか。『手出しをしねえで、黙って見てろ』って、そう言ったろ？ 『俺に任しとけ』ってそう言ったじゃねえか」

「おまえさんは、そうはお言いだけれども、おまいの身が危なくなったから、あたしゃ飛び出して行ったんだよ。……分かったかい？ おまいの身が危なくなったんだよ」

「……そうかい、……ちっとも知らなかった。

作 (蔵)、おめえ、よく、与助を倒してくれたな」

「……はぁ、はぁ、ぁ、姐御が危ねえと思って、思い切って飛び出していって、野郎があばら、蹴折ってやっただ」

「……そうかい、考《かん》げてみると、おら、おめえたち二人に助けられたんだな。こ

らぁ、ありがてぇや」

「……兄いよ、……さっき言った、あの金、……早くおくんなせえ。三十両、早くおらにおくんなせえ」

「今、おめえに渡してやるからな、……誰も人は来ねえだろうな?」

「大丈夫《でえじょうぶ》だよ。このあたりは暮れ方になるってぇと、人っ子一人通らねえだで。早《はえ》えこと、掌《これ》におくんなせえ」

「今、渡すからもっとこっちへ寄んな。……もっとこっちへ寄んな。……作! 金はこれだ!」

と、いきなり脇腹へ……。

「騙しやがったなぁー!」

と、しばらく苦しんでおりましたが、馬方の作蔵も生きているうちの悪の酬いで、これもことが切れる。この死骸も川の中に放り込んでしまう。

「おまえ……、酷いことをおしじゃないか? 作さんまでもさ」

「なあに、こうしておいたほうが、俺たちの為なんだよ。あの野郎は男のくせに『喋り』でいけねえや。作が『喋り』だと云うのは、お累が自害をしたときに、おめえもよぉく分かっているじゃねえか? さっ、ぐずぐずしちゃいらんねえ、出かけよう」

「ちょっと、……待っておくれよ。あたしゃ、痛くて痛くてどうにもしょうがないんだよ。どうなってるか、見ておくれでないか」

「『見ておくれでないか』って、おまえ……、ああ、分かった、分かった。じゃあ、まあ、そっち行って見るから……」

月明かりで、こう、透かして見ますと、石で打たれたと云うところが、こう赤黒く腫れ上がりまして、紫がかって腫れ上がっている。これを見て新吉が驚きました。

女房のお累が自害をしたときに、蚊帳の裾をしっかりと摑んで恨めしそうな顔をして、こう、じっと俺の顔を見た。そのときの顔、そのまま、また、自害をした豊志賀の顔、そのまんまと云うんですから、(二人が俺に祟っているのかしら?)、これを思うと流石《さすが》の新吉もゾッといたしまして……。

やがて、手を引いて松戸の宿、松新《まつしん》という宿に泊まったんですが、もう、「痛い。痛い」で一晩中お賤は苦しんでいる。明くる朝になりまして、宿を出立をいたしましたが、どうも人通りの多い本街道は通り難い。傷持つ脛《すね》でございます。脇道へかかりまして、本郷山《ほんごうやま》を抜けた時分には、そろそろ日も暮れかかってまい

りまして……、

「弱ったな。こんなところで、日が暮れちまったんじゃ、泊まる宿屋もねえし……。お賤、未だ痛むのか？　……しょうがねえやな、休むとこもありゃしねえ」

（どっかに家でもないかしら）と、あたりを見回しますと、向こうの林の中にちらちら灯りが見えますんで、それを頼りに近づいてまいりますと、一軒の木連《きつ》れ格子《ごうし》の庵室《あんしつ》でございます。格子の中から、こう、覗いて見ますと正面に聖観世音《しょうかんぜおん》と云う額がかかっている、正面のお厨子《ずし》には観音様のお像が祭ってあります。観音堂の様でございますが……、

「お賤、こっちへ来な。この庇《ひさし》の下でしばらく休ませてもらおう。え〜、観音様、恐れ入りますが、ちょいとこの軒下をお借りしますんで、まっ、お賽銭をあげさせて頂きます。これで一つ、御勘弁の程を……。もっとこっちへ来な」

と、言ってるところに、もう七十に手が届くかと思う一人の尼さんが、片手に草刈《くさか》り鎌《がま》を持ちまして、片手でその鎌で刈って来たとみえて、野花を五、六本持って、近づいてまいりましたんで、

「庵住《あんじゅ》様でらっしゃいますか？　旅の者でございますが、女房がちょいと怪我を

いたしましたんで、軒下を借りて休ませて頂いておりますんで……」

「おや、まあ、これは、お困りでございましょう。……こんなところではなんですから、どうぞ、中にお入りになってごゆっくりとお休みくださいまし……。いいえ、ご遠慮には及びませんで、あなたは、今、観音様にお賽銭をおあげになった。それがお茶代と思えば、ご遠慮には及びませんで。さあ、どうぞ、こちらへお入りくださいまし」

「左様でございますか、これはどうも、恐れ入ります。お言葉に甘えて、中で休ませてもらおうじゃないか……」

「さあさ、どうぞ、どうぞ、囲炉裏《いろり》の傍《そば》にお寄りくださいまし。このあたりは夜になりますと、山冷えをいたします。傍に本郷山を控えてございますんで……。それから、その籠の中に、くべるものはいくらでも入っておりますので、ご遠慮なさらずに、どうぞ、囲炉裏の中におくべくださいまし」

「こらぁ、どうも、ありがとう存じます。それでは遠慮なしに頂戴をいたします」

からと、新吉が、一摑《ひとつか》みの粗朶《そだ》を取って、囲炉裏の中に放り込む。ぼっと燃え上がった火先で、尼の顔をジッと見ておりましたお賤が、

「……おめ、……おっ母《か》ぁじゃねえのかい？　おっ母ぁじゃねえのかい？」

「……そう言うおまえ様は……」

「は、は、……おっ母ぁだ。……おっ母ぁだ。……あたしだよ、あたしだよ、……おまえに、花屋に置き去りにされた……娘のお賤だよ」

「ああ、……お賤だ。……お賤だ。どうも、どうもさっきから、見たような顔だと思っていたが、お賤、勘弁しておくれ。許しておくれ。あたしは、おまえの前に出られる身体ではないが、この通り頭を丸め、破れ衣を身に着けていればこそ、おまえの前に……頭を下げることも出来れば会うことも出来る。どうか、この姿に免じて許しておくれ」

「……けど、おっ母ぁ、……おまえ、よくそう云う姿におなりになったねえ。……へぇ、若い内は散々あんなことをしておいてさぁ。……はぁ、……新さん、……よく、あたしが話をするだろ？　これがあたしのおっ母ぁなんだよ」

「……おっ母さんでいらっしゃいますか？　どうも、手前は新吉と申す不束者《ふつつかもの》でございますが、……実は、まあ、お賤と、こう云うことになりまして……。お賤も、あたくしも、江戸の生まれでございます。まあ、そう云う縁もあって、二人がこう云うことになりましたが、まあ、これからも一つ、よろしくお願いを申し上げますが……。

で、おっ母さんも、江戸の御方でいらっしゃいますか?」

「……そうではございませんで。……まあ、あたくしの言うことをひと通り、お聞きなされてくださいまし……。

あたくしは、下総《しもうさ》は古《こ》河《が》の土井さまの藩中の娘。父親を柴《しば》田《た》勘六《かんろく》と申しまして、百二十石の高《だか》を頂いておりました。少々、良いお役を務めていたために、お嬢様暮らしで育っておりましたが、あれは十六の歳、家来の宇《う》田金《だきん》五郎《ごろう》と云う者と私通《いたずら》をし、金五郎に連れられて江戸に出て本郷菊坂で所帯を持っておりました……。あれは宝暦《ほうれき》十二年の大火事のとき、あたしは男の子を生みましたが、明くる年、夫の金五郎が傷寒《しょうかん》の為に亡くなりました。

年端もゆかずに夫に死なれ、どうすることも出来ず、生まれた子供には名を甚蔵と付け、豆腐屋の表に捨て子にして、あたくしは上総《かずさ》の東金というところにまいりまして、料理茶屋《じゃや》の中働きとして働いておりましたが、そこで長八《ちょうはち》と云う船頭と色恋仲《あやしいなか》になり、二人でここを逃げ出しまして、江戸は深川相川町《あいかわちょう》の島屋と云う船宿を頼って二人でここへ落ち着いて、亭主は船頭、手前はお客の相手をして、過ごしておりましたが、この長八も風邪が元で亡くなりました。

途方に暮れておりますと、島屋の姐さんが言うのには、「思い切って、堅気になれ」と、小日向《こびなた》のほうのさる御旗本の奥様が長患いの為、口利きでそこへ女中として住み込んだところ、これでも若い時分は少しはマシな顔でございましたので、すぐに殿様のお手がついて僅かの間に、出来たのがこの賤……。ゆくゆくは、この子も旗本のお嬢様として、育つところでございましたが、運が無いと云うのか、このお賤が二つちょっとなったときに、お屋敷がお取り潰しになりました。仕方がないので、櫓下《やぐらした》の菊屋と云う家に、この子を芸者に仕込んでもらおうと頼み込みましたが、また、そこで、あたくしが船頭の喜太郎と云う者と色恋仲《あやしいなか》になり、この子を置いて房州の天津《あまつ》と云うところまで逃げましたが、さあ、それからは、悪いこと続きでございました。

手こそ、……かけずに、……手こそ下して殺さねど、口で人を殺したことも五人、六人、あたくしの為に首を吊ったり、身を投げた人間も二、三人……。今ではこうやって、頭を丸め、破れ衣を身に纏い、朝晩、観音様にお経をあげた後で昔の悪事の懺悔はしておりますが、なかなか罪は消えませんでして……。今日は、図らずもお賤に会い、尚更あたしは観音様のお持ちになっている蓮の蕾で身体を打たれる思いがします。

お賎……、どうか許しておくれ。頭を丸め、破れ衣を身に纏い、……おかげで村の衆からは「御比丘様《おびく》」とか「尼様」とか言われるけれども、近頃では少々心づいて、花屋に捨てた娘はどうしているだろうと思えども、訪ねることも出来ないと云うのは、あたしの犯した罪の罰。どうか、この姿に免じて許しておくれ！　勘弁しておくれ」

「……はじめて聞いた……。はじめて知った。じゃあ、何だね、おっ母ぁ、そのお屋敷が潰れなかったら、あたしゃぁ、旗本のお嬢様と言われている身分だったんだねぇ？　惜しいことをしたよ。

ねえ、新さん、聞いたかい？　あたしゃぁ、旗本のお嬢様だったんだよ」

「おっ母ぁさん、……う、伺いますが、……伺いますが、その女中奉公をなすったと云うお旗本は、何様でいらっしゃいます？」

「……はい、小日服部坂《はっとりざか》で二百五十石をお取りになっていた深見新左衛門様と云うお旗本で……」

「はぁぁ、深見新左衛門！」

聞いて新吉が驚くのはもっともで……。今から、八年以前に門番の勘蔵が、自分の身の上を打ち明けてくれたところ、（俺は深見新左衛門の二男）にて、屋敷が潰れるちょっと前にお熊と云う妾が入って、僅かの間に出来たのが、女の子。してみれば、自分とこのお賤は、腹違いの兄妹《きょうだい》であったのか。（これは、えらいことをした）……、知らぬこととは云いながら、とんでもないことをした。更にはまた、お賤が顔面を打たれてこういう変相《へんそう》になったことは、九年以前に俺を恨んで死んだ豊志賀の祟りに違いがない。知らぬこととは云いながら、おれは「畜生道」に堕ちたのだと、……かぁーっと新吉は逆上をいたしました。

台所へ出てまいりまして草刈り鎌、これは最前、尼さんが持っていた鎌でございます。柄のところに焼印が……、山形に三の焼印が押してございます。辿ってみますと、これは羽生村の三蔵が使っていた鎌……、何年か前に累ヶ淵で新吉は、この鎌でお久を殺し、自分の女房お累もこの鎌で自害をし、今、またこの鎌で新吉は、畜生道に堕ちたというので、お賤を斬り殺して、自分も喉をかっ切って、相、果てます。因果は巡る小車の『真景累ヶ淵』、これをもって終わりとさせて頂きます。ありがとう存じました。

江島屋怪談

口演年月日
平成二十一年　七月二十日　圓朝祭

使われなくなってしまった言葉なんて云うのも、数多くございます。で、その中のひとつに、「如何物《いかもの》」と云う言葉がございまして、昔は随分この如何物と云う言葉を使ったもんでございます。例えば、

「あの人は、如何物喰いだね？」

ってなことを言いましてね。あんまり人の食べないまぁ、爬虫類ですとか、あるいは虫喰いですとか、そう云うものを食べる人のことを、如何物喰いと言いましたけれど、あのう、我々今でも。噺家仲間で如何物喰いがおります。で、噺家の如何物喰いは何を食べるかと云いますと、『木久蔵ラーメン』を食べる人を言います。まぁ、命知らずの人が居るもんだと思っておりますけれど……。

これも、例えばの話でございますが、昔、呉服屋さんが火事に遭いまして、で、あの、蔵に入れておいた反物が蒸れてしまいます。で、こうなりますと、ちょっと強く引っ張ったり何かすると、破けてしまう。で、針と糸で縫うことが出来ませんので、続飯《そくい》付《づ》けと申しまして、糊付けでございますな。上手く糊付けにして、仕立てたように見せかけてこれを売るという……。で、こういうものを拵えていた人間を『如何物師』と言ったそうですな。売っていた店を如何物屋《いかものや》と

云ったそうでございますがね。まあ、昔は随分こう云うものがあったようでござ
いますが……。
天保《てんぽう》時代でございます。江戸は芝の日陰町に『江島屋治右衛門《えじまやじえもん》』と云う大きな
古着屋がございましてね。袖蔵付きの間口が四間半ございましてね。まさかこん
なに立派な店で如何物を売ろうとは誰も気がつきませんでした。
しかし、調べてみますと、ある時期、これは昔でございますが、友禅模様の嫁
入り衣装にこれが随分出回ったことがあるそうでございます、この如何物と云う
ものは。で、中にはそれを承知で買って行く人が居る。
「なに、婚礼衣装と云うものは生涯に一遍着ればいいものだ。こう云う物で、構
わない」
と言うので、昔は婚礼衣装を着るのは、生涯に一遍だけ、……昔は。……いえ、
……そんなに念を押すことはないんですけれども……。あの近頃はご趣味でもっ
て、何遍もお召しになる方がいらっしゃるようですけれどもね。
で、中には田舎のほうから出て来て、これを見て、
「この友禅模様の嫁入り衣装が、この値段で買える。はぁー、大したものだ。娘
の為にも、買って行ってやろう」

と、信じ込んで買って行く人がいるんですから、これは店が罪深うございまして……。

天保三年の十一月の下旬でございます。江島屋の番頭の金兵衛と云う人が、下総中山あたりへ掛け取りにまいりまして……。名寄川《なよりがわ》、木下《きおろし》、鎌ヶ谷《かまや》へと道を辿っている。朝からちらちらちらちら降っていた雪が昼を過ぎる頃になりますと、もう綿を千切ってぶつけるように降ってまいりまして、あっと言う間に一面の銀世界でございます。

で、どこをどう道に踏み迷ったのですか、金兵衛が行けども、行けども、人家があるところへ出て参りませんで。「これより、何処何処《どこどこ》」と云う道塚一本立っていない。そのうちに風を交えて、ビュー、ヒューっと云うえらい吹き降りになって来まして、

（これはえらいことになった。こんなところでぐずぐずしていたんでは、凍え死にをしなくちゃならない。どっかに家はないかしら）

と、あたりを見回しておりますと、遥か向こうのほうで、ちらっと灯りが見えたもんですから、「地獄で仏とはこのことだ」と、これを頼りに近寄ってまいりますと、一軒の草ぶき屋根、もう、軒は傾いて酷い荒れ屋でございますが……。

中で火を焚いていると見えて、その火が雨戸の隙間からちらちら外へ洩れていたと云う奴で……。

「え〜、少々お伺いをいたします……。少々お伺いをいたしますが……」

「……はぁい……」

戸の中から、年老いた女の声で返事がある。

「え〜、手前ぇはぁ、江戸の者でございますが……、鎌ヶ谷のほうへ出ますのには、どう出ましたらよろしゅうございましょうか？」

「……さぁ〜、あたしには、よく分かりませんで、……」

「船橋のほうには出られますでしょうか？」

「……船橋は、ここから南と聞いておりますが、だいぶの道のり、これも、あたしにはよく分かりませんが……」

「この辺は何と云うところでございますか？」

「藤ヶ谷新田と云うところでございます」

「実は手前は、江戸の商人《あきんど》でございますが、この雪に降られて難儀をいたしております。どんなところでも結構でございますが、一夜の宿をお願いできませんでしょうか？」

「お困りでございましょう。しかし、こんなところで、夜のものも食べるものも、何もありません。それでよろしければ、雪を凌《しの》ぐぐらいのことは出来ましょうから、そこは開きます。どうぞ、ご遠慮なさらずに、こちらにお入りください」

「こりゃぁどうも、ありがとう存じます。それでは失礼をさせていただきますので……」

と、金兵衛が建てつけの悪い戸を開けて中へ入る。被っておりました笠を取りましてそこへ置く。

「合羽を脱いだら、そこへかけておいたがようございますよ。火を焚いてますので、湿《しと》りもとれましょうから……。足が冷たいでしょう？　どうぞ、ご遠慮なさらずに、囲炉裏の傍に来ておあたりください」

「こりゃぁ、どうも、ありがとう存じます（両手を擦り合せる）。どうも、お陰様で助かりましてございます。ありがとう存じます」

「その籠の中に、くべるものは幾らでもありますから、ご遠慮なさらずに、どうぞ、囲炉裏の中へ……」

「ああ、ありがとう存じます。もう、寒いときは、もうこれが何よりの御馳走でございますんで、じゃあ、遠慮しないで頂戴をします」

　からと、金兵衛は一摑みの粗朶《そだ》を囲炉裏の中に放り込む。ぼっと燃え上がった火先で、前に居ります老婆をじっと見ますと、もう、年の頃は幾つかは分かりません。眼がぐっと落ち込んでいて、鼻がつーんとやけに高い。両の頬は、何かで削いで取ったんじゃないかと思うくらいげっそりとしておりまして……。髪の毛はと云いますと、何時、櫛を入れたのか分からないごま塩になった髪の毛が、こう肩のほうへ垂れ下がっている。……片膝を立てまして、その膝の上に痩せ衰えた手を重ねて、囲炉裏の上へ、こう、前のめりになっているところは、芝居で観る『一ツ家の老婆』そのままと云うんですから、金兵衛はゾッといたしまして、

「ううう……」

「……こんなところに、こんな婆《ばばあ》が居たのでは。さぞ、気味の悪いことでございましょうなぁ?」

「いえいえ、とんでもないことでございますが……。……お婆さんは、お一人でお住まいでございますか?」

「はい……、十七になる娘がおりましたが、先立たれましてなぁ……」

「はあ、……それはまた、お気の毒でございますな」

「今では世を捨てた世捨て人、乞食同然の暮らしをいたしております」

「……これはどうも、失礼なことを伺いまして申し訳ございませんで……」

「どう、いたしまして……。何もございませんが、唐土餅《からもち》に、座頭不知《ざとうしらず》、よろしかったら、どうぞ、お召し上がりください」

「これはどうも、ありがとう存じます。田舎の唐土餅は美味しゅうございますからな」

　唐土餅と云うのは、トウモロコシの粉で拵えたお餅でございますが……。

「遠慮なしに頂戴をさせていただきますが、……(焼き) 網はございませんか?」

「網なぞはありゃしません。そこに竹の火箸が刺さってます。それでお餅を挟んで火に炙って召し上がってください」

「それでは、頂戴をさせていただきます」

　からと、唐土餅を竹の火箸に挟んで火に炙ってムシャムシャ食べながら金兵衛が、前に座っている老婆をじっと観察をいたしますと、姿形は気味悪うございますけど、何となく上品さがありますので、一応はホッといたしまして、

「ありがとう存じます。美味しく頂戴をいたしまして、おかげでお腹もいっぱいになりました」

「……お疲れでございましょう……、あちらの部屋が、風も入り難うございます。お休みでしたら、どうぞ、あちらでご遠慮なさらずに……、お休みくださいまし」

「恐れ入ります。朝から歩きづめに歩いておりまして、疲れましたんで、それではお言葉に甘えて休ませて頂きますんで、どうも、ありがとう存じました」

と、……破れ障子を開けますと三畳ぐらいの板敷の部屋でございます。ここに老婆がムシロを二枚敷《ひ》いてくれましたので金兵衛は、振り分けの荷物を枕の代わり、乾いた合羽を身体にかけて、ごろっと横になる。旅の疲れで、ぐっと寝込んでしまいました。

……真夜中近くに、どっから入って来たのか、フッと雪風に肩先を吹かれて、

「うっ、ううぁぁ、すぅー、ぁぁ、ああ、寒い。ああ、だいぶ寝たけれども、すぅー、今はもう何時《なんどき》……。すん、……すん、……妙な臭いがするなぁ。いやにキナ臭いな、これは。……何か焦がしてるんじゃないのかい？　お婆さん、囲炉裏の傍で転寝《うたたね》でもして、着物の裾でも焦がしているんじゃないかしら？」

気になりますから、金兵衛が破れ障子から向こうを覗いて見て驚きました。

かの老婆が片手に金糸銀糸の縫い取りのあります友禅模様の花嫁衣装の片袖

を、ビリビリッと引き裂いて、火の中にくべ、刺さっております竹の火箸を取りますと、灰の上にこう、めの字を書いて、形相もの凄く、

「おのれぇー！」

っと、突き刺していく。また友禅模様の金糸銀糸の縫い取りのあります花嫁衣装の片袖を、ビリリリッと引き裂いて、火の中にくべ、竹の火箸で、灰の上にこう、『め』の字を書いて、形相物凄く、

「おのれぇー！」

っと、突き刺しておりますんで、

（こらぁ、えらいところに泊まってしまった。ああ、どうしたら、いいだろう？ああ、恐ろしいところに泊まってしまった）

そうは思いましたが、人間怖いもの見たさでございます。また、覗いて見ますと申し上げました通り、金糸銀糸の縫い取りのあります友禅模様の嫁入り衣装の片袖を、ビリビリっと引き裂いて囲炉裏の中にくべる。竹の火箸で灰の上に、こぉぉ、『め』の字を書いて、形相もの凄く、

「おのれぇー！」

っと、突き刺している。やがて、ひょろひょろっと立ち上がりますと、向こう

の柱に何か紙が貼ってございました。そこに釘が打ち込んである。その柱の下に参りますと、下に置いてありました石をとって、

「おのれぇー！」

カツーン！　カツーン！　と、この釘を打ちはじめる。勢いが余って、ばったりそこへ倒れる。また、起き上がって、石で、カツーン！　カツーン！　と、釘を打つ。囲炉裏の傍へ這いずってまいりますと、金糸銀糸の縫い取りのある友禅模様の嫁入衣装の片袖をビッビリビリビリっと引き裂いて、火の中にくべて、竹の火箸で灰の上に、こぉぅ、『め』の字を書いてぇ、

「おのれぇぇぇ」

っと、突き刺しておりますんで、

「南無阿弥陀仏、南無阿弥陀仏、南無阿弥陀仏、南無阿弥陀仏……」

「……もし、江戸のお方……、江戸のお方ぁ！」

「があー、があー」

「空鼾《そらいびき》なぞおかきにならずに、どうぞこちらへおいでください」

「はぁー、お婆さん、勿体ないじゃありませんか。友禅模様の嫁入り衣装をビリビリ引き裂いて、火の中にくべて、どうしたんでございます？」

「……あなたの前ですが、こういうことは人に見られると大願成就は成さぬとのこと。……そんな言葉には負けておりませんで、もし、旅の人、この婆の言うこと一通りお聞きなされてくださいまし……。（遠くで三味線、太鼓の音）
……あたしは、元江戸生まれ、訳あって十年前、大貫村というところに引き移りました。主《あるじ》は倉岡元庵《くらおかげんあん》と云う医者でございましたが、主が死んだその後は、十七になる娘と二人暮らし。この娘が、人並み優れた器量の為、名主様の息子に見初められ「たって」との名主様のお言葉、貧乏暮らしのあたし故《ゆえ》、支度金にも事欠くだろうと、大枚百五十両と云うお金を頂きました……。
十月三日が婚礼には、良い日どりとのこと。こんな田舎でございますので、嫁入り衣装を染めに出しては、間に合わず。そこで、娘と二人で江戸に出て、嫁入り衣装を調えました。あなた方、江戸のお方には、分かりますまいが、このあたりでは、娘が嫁に行くときに馬に乗って行くのが、村の慣わし、これを『乗り掛け』と申します。当日は馬も立派に着飾って、先方へ行く途中、折悪しくにわか雨にあいまして、幾らか身体も濡れました。しかし、盃ごとも無事に済み、お客の給仕をするのが嫁の務め。酔ったお客が足を投げ出して娘の衣装を踏まえているのを気がつかず、呼ばれたために立ち上がったところ、この衣装が如何物だった為に、腰から下が剝がれ落ちました。

……娘は泣き出す。名主様は怒り出す。

『娘を連れて直ぐ帰れ。支度金が返せぬ時は、この村にはおいてはおけぬ』

と、大変なご立腹。お仲人様もあたくしも、唯おろおろおろおろするばかり、娘を連れて一旦は家へ戻りましたが、……娘は、……娘は、あたし故のこの始末と、神崎《こうざき》の土手から身を投げて死にました。

死骸は上がらず終《じま》い。あたくしは支度金が返せなかった為に、屋財家財を取り上げられ、村を追われてここまでまいりまして、娘亡きあと、何を頼りに生きていられましょう。跡を追おうと、木の枝に縄をかけたところを村の衆に引き止められ、意見をされて思い止まりました。村の衆のお情けで、ここをあてがわれ、田畑守《たはたもり》はしておりますが、娘亡きあと何を楽しみに生きていかれましょう。あんな、あんな如何物さえ、売ってくれなければ、こんな悲しい思いはしないで済むものを――と、あの古着屋の、目を呪い潰し、女房をはじめ、番頭小僧、一家眷《けん》属《ぞく》皆殺しにせんと、呪い呪って今日までこの婆《ばば》の執念……。もし、江戸のお方、この執念をよく見ておいてくださいよ」

「友禅模様の嫁入り衣装には、得てしてまがい物が多いものでございますが、

「……江戸はどちらでお求めになりました?」

「はい、あの柱に紙が貼ってございます。受け取りでございます。……江戸は、芝、日陰町、江島屋治右衛門という……」

「江島屋!」

「……あなたは、江島屋をご存じでいらっしゃいますか?」

「知りません。知りません。手前は、浅草の仲通でございますんで、芝のほうには知り人は居りませんで……。あたくしは、知りませんで……」

金兵衛は、(どうして自分がここへ泊まることになったのかしら? これも死んだ娘の引き合わせかしら?)と、思うとあまりいい心持ちはいたしませんで……。

「しかし、お婆さん、『忘れろ』と言うほうが無理かも知れませんが、それでは娘さんが可哀想でございます。お寺様へ行って、お経を上げてもらい、塔婆の一本も、立ててもらったほうが、娘さんはうかばれるじゃございませんか? 余計なことの様でございますが、ここに金が五両ございます。これでお寺に行き、塔婆を立て、お経を上げてくださいまし」

「……金は要りません。金なぞ要りません。明日には呪い呪って死んでいくこの身に、金なぞ一文も要りません」

　と、突き返して、また、友禅模様の嫁入り衣装の片袖をビリビリっと引き裂いて、火の中にくべて竹の火箸で灰の上に、こぉぅ、『め』の字を書いて、形相もの凄く、

「おのれぇ、江島屋ぁー！」

　っと、突き刺しますんで、もう、金兵衛は生きた心持ちがいたしません。夜が明けると同時に、逃げるようにここを出立《しゅったつ》をいたしまして、十二月の三日の日、やっとの思いで江戸へ入ってまいります。店へ戻ってまいりまして、入ろうと、ふっと気がつくと、「忌中」の札が貼ってございます。

　慌てて入って行って、訳を聞いてみますと、十二月の三日の真夜中に、おかみさんが卒中で死んだ。上を下への大騒ぎをしているときに、小僧が二階から落ちてこれも即死をしたという。これを聞いて金兵衛は、

（老婆の呪いかしら？）

　今このことを主人に言ったら、主人はどうなるか分からない。自分の腹に納めておこうと、そのまま腹の中に。やがて、三十五日、四十九日、百か日も、過ぎましたが、何事もございませんので、金兵衛は忘れるともなく、このことを忘れ

なっておりました。明くる年の十月の三日の日でございます。朝からぽつぽつぽつぽつ降っていた雨が、暮れ方になりますと風を交えて、ピヤァー、酷い吹き降りになってまいりましたんで、

「番頭さん……、番頭さん」

「御呼びでございますか？」

「大層な吹き降りだね？　これじゃあ、店を開けといたって、無駄だからね。早終いにして、奉公人を早く奥へ引き取って、寝かしてやっておくれ」

「そう、思いましたんで、先ほど店を閉めまして。奉公人は全部、引き取らせましてございます」

「うんはっは、そうかい。うっはっは。金兵衛さんにしては何だね。上出来だね。あ、いや、あたしたちもね、早寝をしようと思ったんだが、さっきはっと思い出した。あたしはね、蔵の中のあの友禅模様の嫁入り衣装の下調べをしなくちゃならないものがあるのでね。金兵衛さん、済まないけれど、ちょいと手伝っておくれ」

「さようで、ございますか。それでは只今、え〜、灯りを持ってまいりますんで……」

風が酷うございますんで、雪洞《ぼんぼり》に火を移しまして、

「旦那、足元に十分お気をつけくださいまし」

蔵の戸前をガラガラッと開ける。

「旦那、あの正面の包みが、あれが、友禅模様の嫁入り衣装でございます。只今、あたくしが、こっちへ持ってまいりますんで。あそこは、大層狭《せも》うございますから、しばらくお待ちください」

金兵衛が、蔵の中に一歩入って、友禅模様だという嫁入り衣装のありますところに近づいて来て、何の気なしにふっと見ますと、……雨の中を歩いて来たと見えまして、全身ぐっしょり濡れて、腰から下が剝がれ落ちました友禅模様の嫁入り衣装を着て、両の袖に手を入れて、これを、こぉう、顔にあてがって、さめざめと泣いている一人の娘さんが居る……。

「おまえさん、誰だい？　誰だよ、おまえさんは？」

ふっとこの時に金兵衛が思い出しました。

（今日は十月の三日、去年、藤ヶ谷新田で会ったあの老婆の娘の死んだ日だ）

これを思うと頭から水をかけられたようで、さぁーっといたしまして、

「旦那、調べ物は後日にいたしましょう！」

蔵から逃げ出しますと、店の大きな火鉢の前へ来ると、これを抱えてガタガタガタガタ震えだしたので、

「金兵衛や、おまえさん、どうしたんだい？　いきなり蔵から飛び出して来て。……どうしたんだい？」

「んっはぁ、はぁ、はぁ、あ、あの、娘さんをご覧になりましたか？」

「……娘？　どこにいたんだい」

「……く、蔵の中の娘さん」

「蔵ん中に？　うふっ、馬鹿なことを言っちゃいけませんよ。蔵の中に人がいる訳がない。第一あたしには見えませんよ」

「……旦那は、ご覧にならなかったんでございますか？　……はぁー、旦那、あたくしは、今だから申し上げますが、……去年の十一月の末でございました。下総のほうに掛け取りに参りました」

「うん、うん、そんなことがあったねえ」

「雪に降りこめられ、助けられた一軒のあばら家で、夜中に妙な臭いがいたしますんで、破れ障子から覗いて見ますと、そこの気味の悪いお婆さんが、友禅模様の嫁入り衣装の片袖をビリビリビリビリ引き裂いて囲炉裏の中にくべている。竹

の火箸で灰の上に『め』の字を書いて、形相もの凄く突き刺しておりますんで、出て行って、『お婆さん、勿体ないじゃないか』と言いますと、

『娘の婚礼衣装を調えるために江戸へ出て、婚礼衣装を調えた。ところがこの衣装が如何物だった為に、婚礼の日に雨に当たって腰から下が剝がれ落ちて大恥をかき、それが元で娘は死んでしまいました。……あんな如何物さえ売ってくれなければ、こんな悲しい思いはしないで済むものを』

　と、呪い呪っているのでございます。あたくしが、

『江戸は、何処でお買いになりました？』

　と、訊きましたら、……旦那ぁ、

『芝・日陰町の江島屋で買った』

　と……」

「うぅぅん、……まぁ、そんなこともあるだろうなぁ。うふふ、おまえの前だけれども、そんなことをいちいち気にしてたんじゃ、商売は出来ませんからね。うん、ふふっ、買ったほうが間抜けなんだよ、うん。諦めてもらうより手がないね」

「旦那、そうは仰いますが、そればかりじゃございませんで……、火箸と

云ったって、こんな火箸じゃございません。竹の火箸でございます。この竹の火箸で灰の上に、こぉぅ、めの字を書いて形相もの凄く、『おのれぇ、江島屋ぁぁぁ！』……」

「あ、痛い、痛い！　痛い！　……金兵衛、おまえはなんだってあたしの眼を突っ突くんだい？」

「……あたしは、旦那の眼なんぞ突っ突いた覚えはございませんで……。ただ、その老婆がですね、竹の火箸で、灰の上に、こぅ、『め』の字を書いて、形相もの凄く、『おのれぇ～江島屋ぁ～』」

「あっ、痛て！　あっ、痛い！　痛い、あ痛い。……番頭、もうこの話は止《よ》そう。この話は止そう！」

「……じゃあ、何ですか？　あたくしが、その老婆の仕方噺をしただけで、旦那の眼は痛みますか？　……恐ろしいことでございます。南無阿弥陀仏、南無阿弥陀仏、南無阿弥陀仏」

「何だって、おまえは、あたしを拝むんだよ？」

「別に旦那を拝んだ訳ではありませんで」

奉公人が、奥のほうの雨戸を一枚閉め忘れたと見えまして、そっから雨風が、ピャァーッと吹き込んでくる。金兵衛が立って行って、この雨戸を閉めようと、ふっと雨戸に手をかけて、何の気なしに、こう庭のほうを見ますと、小松の陰から一人の老婆がスゥーッと、近づいて来て、閉めかかっている雨戸に手をかけて、下からハッと金兵衛の顔を見る。何の気なしに金兵衛がふっとこの顔を見ますと、去年藤ヶ谷新田で会った老婆その人ですから、もう、金縛りにあいまして、身動きがとれなくなりまして……。老婆が、縁側へこぉぉ、半分出て来て、奥のほうをじっと睨んで、

「恨めしや……、江島屋治右衛門……。この婆の恨み、娘の恨み、生きながらえて苦しむがいい。憶えたか？　江島屋治右衛門」

「金兵衛！」

その声で、ふっと金兵衛、我に返って、ぴたーっと雨戸を閉めましたが、そのまま目を回してしまいました。

明くる日になっても、主の目の痛みが治らない。医者にも診せ薬も付け飲んだのでございますが、良くなりませんで。あっと言う間に主人の両眼が見えなくなってしまった。何時の間にこれを知ったのか、奉公人が「こんな気味の悪いところには、一日もいられない」と、一人辞め、二人辞め、終いには勝手元の女中

まで辞めてしまって、残ったのが主と番頭の金兵衛の二人だけになってしまいました。こうなりますと、店はやっていけないというので、天保五年の十二月の三日、江島屋はとうとう今の言葉で云いますと倒産をしてしまいまして、人を騙すと、こういう呪いがあると云う圓朝作『江島屋怪談』でございます。お時間でございます。

藤浦　敦　演目解説

【宗悦殺し】

この話の発端であるが余り鹿爪らしくやると、厭に力みがちになり宜しくない。さりとて、さらさらと流すと軽っ調子で薄っぺらになる。そこの処を歌丸師は淡々と演《や》っていた。それが成功している。宗悦の死骸が入った葛籠を拾った駕籠かき両人《ふたり》が結構な物が入ってと勘ちがいして恐る恐る、怖々《こわごわ》、葛籠を開けると、これは如何に……。死んだ宗悦が不気味に白目をむき出しのけ反って居る。ウヒャァと腰を抜かす両人、思わず噴き出す。ここは、宗悦殺しの陰惨さを救う、もっとも面白いところだが、歌丸師はふざけるところなく口演していた。私は、もう少し馬鹿馬鹿しい面白さを必要とすると言うと、「解りました」と、次はその様に演ったのだが、実にいい味を出していた。この臨機応変の手際がまさに歌丸師の手腕だったのだ。

【深見新五郎】

かなり珍しい一席である。〝宗悦殺し〟の次だから、ヤヤ色っぽい件《くだり》も入れて演る。此処で圓朝の得意中の得意ともいうべく、同じことを何度も何度も繰り返して喋《しゃべ》る。それで相手の気を引いたりを、思惑《おもわく》をかき立てたり、ついでに聴いている客の気をも引こう、という手法が出て来る。くどくどと演ると厭味ったらしくなる。さりとてあまり淡々としては何のことやら判んない。そのへんの呼吸を充分心得ている歌丸さんは分かり易く、深沈と演る。このあたりが聴きどころだ。終わりの新五郎捕物の巻《まき》は一気呵成に持って行くのを身上とするのだが、歌丸師は、この圓朝独自の手法を何処で学んだのか、それが見事に生きている。それにしても、この、深見新五郎と云う御仁は、実に不甲斐の無い詰まらない人生を歩んだものである。

【豊志賀の死】

いつか六代目尾上菊五郎が『真景累ヶ淵』で新吉を演ったことがある。私はみておもわず吃驚《びっくり》した。当時、六十を幾つか過ぎていたが、二十一歳の新吉がピチピチと若々しく踊っていた。年令を忘れさせる永遠の美少年の新吉だった。こういうのを名人芸というのだと思う。それに引き比べて此の間の（六代目）圓生の新吉は何か分別くさくて、老けていて、まるで爺《と》っちゃん小僧だった。私の父も、「困ったね」と云って圓生に注意したが、何か、文句を言われたように受けとめ仏頂面をしていた。困った人だった。この件《くだり》は色んな噺家が演るが、難しいところだ。歌丸さんは、此処を、気取らずに演っている。これは実に困難な方法だが、流石は歌丸で、それが却《かえ》って良い結果を出していた。

【勘蔵の死】

あまり面白いところではない。しかし、此れを確《しっか》り演って置かないと、後へ行く程、筋が分かり難くなるのでキチンと演る必要がある。新吉が駕籠へ乗って迷うところは抜かりなく演らないと不可《いけ》ない。ここで新五郎に出っくわすのが実に難しい。本当のような、夢のような、摩訶不思議な件だ。駕籠屋との対話、寝呆けている新吉の迷惑、こういうところは手っ取り早く、トン、トンと話を進めるがそのあたりの語り口は、歌丸師は上手いものだった。産まれた赤ん坊が先刻、夢に見た兄の新五郎そっくり、という件は、ぞっとさせなくてはいけない。余談だが、この巻の圓朝大師匠は、淡々と水の流れるように口演している様に見えるが、実は迫真の芸で、あとで、そこを思い返してみると、身の毛がよだつ様だったと云う、「あっ、圓朝大師匠は名人だった」と、これは私の父・藤浦富太郎が青年の日にこの件を聴いた思い出である。

【お累の自害】

何という事もないところだが此処を演るときはお累が居るだけで怖さを出さなくてはいけない。三蔵が妹を見舞うところはあっさりと演る、くどくやるとそれだけで新吉が嫌な奴になるから気を付けなくては不可《いけ》ない。此の噺の主人公の新吉を決して嫌な奴にしてはならない。本当は真実《まとも》な人間だが、どうも悪悪《あくあく》と成るのも奇しくも呪われた因縁だ。と、強調する事で圓朝の物語となる。新吉が蚊帳《かや》を持ち出すところは四谷怪談のようにしては不可ない。余談だが、明治の中頃、『怪談夜這星《よばいぼし》』という人情噺があり累物語の筋立てを借りているがすっきりとまとまっていて歯切れがよく実に面白い。主人公は累《かさね》ではなく元吉原・大籬《おおまがき》の花魁《おいらん》・敷島太夫《しきしまだゆう》と云う春錦亭柳櫻《しゅんきんていりゅうおう》の作ったものだが、柳櫻も実に派手な立調子《たてちょうし》で水の流れる如く演じていて、圓朝大師匠も感心したぐらい、上手《うま》かった、とは、私の父、藤浦富太郎の話である。

【湯灌場から聖天山】

それにしても間抜けな悪党だ。湯灌場では凄んで新吉をいたぶったものの、聖天山では残忍で悪者がっているが滅法界《めっぽうか》もなく間が抜けてドジで間誤《まご》ついている新吉にたぶらかされて崖の下へ突き落とされて、挙句の果てには呆気なく鉄砲で射ち殺されるなんてだらしがない。しかし、これが圓朝物の洒落た処で何と言ってもこの物語は〝累〟にあやつられる新吉の巻なのだから飽く迄主眼目は新吉である。そこの処をおもんばかって、土手の甚蔵という詰まらない名前を付けた。此れは圓朝がわざとした事だ。それで此の甚蔵は馬鹿馬鹿しく演らなくては不可ない。圓生のはいやに凄いんで居て、あざとかった。此奴は凄んでみせるものの根底は馬鹿野郎なのだ。圓朝は悪い奴の名前を付けるのは本当は上手い。塩原多助に出て来る、道連《みちづれ》の小平《こへい》、業平文治に出て来る〝まかなの國蔵〟の如し。

【お熊の懺悔】

此の噺は余りにも筋が錯綜していて辿《たど》り難《にく》いので後半は殆ど演る人が居なかった。私の父は後の部分を少年時代に圓朝大師匠のを聴く事は聞いたが、あまり面白くなかったと云うし、圓朝を生で聴いていた明治から昭和期の浮世絵師で日本画家の鏑木《かぶらぎ》清方《きよかた》さんも、そこんとこは大師匠らしくない為体《ていたらく》だったと云う。今回、歌丸師が締めくくりとして此れを口演したのは長い噺の形を造るということに役だっている。併《しか》し、此れは圓朝をないがしろにする訳では無い。『真景累ヶ淵』はあまりにも有名だが、他の圓朝作品とは類を異《こと》にする。そして、幽霊は一人も出て来ない。人間の神経で物《もの》の怪《け》に見えた、というが、私は何だか苦しまぎれの様な気がしてならないのだが、実際に圓朝の口演を直に聴いた藤浦富太郎、鏑木清方さんは異口同音に、

「それァ、なんたったって圓朝大師匠のはねえ、面白いところはゲラゲラ笑わせ、怖いところはまるで身の毛もよだつものだったよ」

と言っている。やはり圓朝物は大圓朝が演らなきゃ駄目なのであろうか？

【江島屋怪談】

この『鏡池操《かがみいけみさお》の松影《まつかげ》（本題）』は素直なもので幽霊は出ないがそれらしき怪しい物《もの》の怪《け》は出て来る。藤ヶ谷新田の一つ家《や》で老婆がいろりの灰へ〝め〟と書いて竹の箸で力強く突き刺すところは実にもの凄い。圓朝のこれを聴いて居た少年時代の藤浦富太郎は、

「圓朝が扇子を竹の箸に見立てて、め、の字を突く処で、周囲《まわり》に居た娘さんたちの何人かが、思わず『あッ』と叫んで、自分の両の眼《まなこ》を手で押さえたのを見て、

何と云う迫真の芸だろうと思った」

と言っていた。実に気味が悪い。圓朝は此う云う何気ないところをおどろおどろと、さりげなく怖がらせる。客を怖がらせるのは演者の手腕と云うことだ。此処は江島屋怪談中全体を通じて最も良い所、聞かせ処だが下手に演ると前後の関係がよく判らないと、実に何のことやら判らなくなる。そこは歌丸師はよく考えて練っていて結構である。私はこの噺を歌丸師でもっと聞きたかった。当人も演りたかったのではないか、と思う。

著者略歴

桂 歌丸（かつら うたまる）
本名：椎名 巖（しいな いわお）
1936年（昭和11年）8月14日—2018年（平成30年）7月2日
1951年五代目古今亭今輔に入門。のち四代目桂米丸門下に移り、1968年に真打昇進。演芸番組『笑点』（日本テレビ）の放送開始から大喜利メンバーとして活躍し、2006年（平成18年）5月21日から2016年（平成28年）5月22日まで同番組の五代目司会者を務めた。同日付で終身名誉司会者に就任し、没後は永世名誉司会者に名称が変更された。
2004年落語芸術協会五代目会長就任。2005年芸術選奨文部科学大臣賞受賞。二代目横浜にぎわい座館長に2010年に就任。

桂 歌丸 口伝　圓朝怪談噺

2019年7月9日　初版第一刷発行

著者　三遊亭圓朝
口伝　桂 歌丸
監修・解説　藤浦 敦　三代目落語三遊派宗家

構成協力／ゴーラック合同会社
デザイン組版／ニシヤマツヨシ
写真提供／株式会社 日刊スポーツ新聞社

協力／オフィスまめかな

編集人／加藤威史

発 行 人　後藤明信
発 行 所　株式会社竹書房
〒102-0072 東京都千代田区飯田橋2-7-3
電話 03-3264-1576（代表）
03-3234-6381（編集）
http://www.takeshobo.co.jp
印刷・製本　中央精版印刷株式会社

ISBN 978-4-8019-1933-4